AF202653

Tucholsky   Wagner   Zola   Scott Sydow   Freud   Schlegel
   Turgenev   Wallace   Fonatne

   Twain   Walther von der Vogelweide   Fouqué   Friedrich II. von Preußen
              Weber   Freiligrath
Fechner   Weiße Rose   von Fallersleben   Kant   Ernst   Frey
       Fichte   Richthofen   Frommel
        Engels   Fielding   Hölderlin
   Fehrs   Faber   Flaubert   Eichendorff   Tacitus   Dumas
                 Maximilian I. von Habsburg   Fock   Eliasberg   Ebner Eschenbach
   Feuerbach   Zweig
                    Ewald   Eliot   Vergil
        Goethe   Elisabeth von Österreich   London
Mendelssohn Balzac   Shakespeare   Dostojewski   Ganghofer
          Trackl   Lichtenberg   Rathenau   Doyle   Gjellerup
              Stevenson   Hambruch
Mommsen   Tolstoi   Lenz   Droste-Hülshoff
         Thoma   Hanrieder
Dach   Verne   von Arnim   Hägele   Hauff   Humboldt
        Reuter   Hauptmann
   Karrillon   Garschin   Rousseau   Hagen   Gautier
        Damaschke   Defoe   Hebbel   Baudelaire
                       Descartes   Hegel   Kussmaul   Herder
Wolfram von Eschenbach   Dickens   Schopenhauer
      Bronner   Darwin   Melville   Rilke   George
                                     Grimm Jerome
   Campe   Horváth   Aristoteles   Bebel   Proust
Bismarck   Vigny   Barlach   Voltaire   Federer   Herodot
                    Gengenbach   Heine
   Storm   Casanova   Tersteegen   Gilm Grillparzer Georgy
       Chamberlain   Lessing   Langbein   Gryphius
Brentano   Lafontaine
      Claudius   Schiller   Schilling
   Strachwitz   Bellamy   Kralik   Iffland Sokrates
       Katharina II. von Rußland   Gerstäcker   Raabe   Gibbon   Tschechow
Löns   Hesse   Hoffmann   Gogol   Wilde   Vulpius
   Luther Heym   Hofmannsthal   Klee Hölty   Morgenstern   Gleim
      Roth   Heyse Klopstock   Kleist   Goedicke
Luxemburg   Puschkin   Homer   Mörike
        La Roche   Horaz   Musil
   Machiavelli   Kierkegaard   Kraft   Kraus
Navarra Aurel   Musset   Moltke
   Nestroy Marie de France   Lamprecht Kind Kirchhoff Hugo
   Nietzsche   Nansen   Laotse   Ipsen Liebknecht
          Marx   Lassalle Gorki   Ringelnatz
von Ossietzky   May   Klett   Leibniz
                      vom Stein Lawrence   Irving
Petalozzi   Knigge
      Platon   Pückler   Michelangelo   Kafka
   Sachs   Poe   Liebermann   Kock
      de Sade Praetorius   Mistral   Zetkin   Korolenko

Der Verlag tredition aus Hamburg veröffentlicht in der Reihe **TREDITION CLASSICS** Werke aus mehr als zwei Jahrtausenden. Diese waren zu einem Großteil vergriffen oder nur noch antiquarisch erhältlich.

Symbolfigur für **TREDITION CLASSICS** ist Johannes Gutenberg (1400 — 1468), der Erfinder des Buchdrucks mit Metalllettern und der Druckerpresse.

Mit der Buchreihe **TREDITION CLASSICS** verfolgt tredition das Ziel, tausende Klassiker der Weltliteratur verschiedener Sprachen wieder als gedruckte Bücher aufzulegen – und das weltweit!

Die Buchreihe dient zur Bewahrung der Literatur und Förderung der Kultur. Sie trägt so dazu bei, dass viele tausend Werke nicht in Vergessenheit geraten.

s Almstummerl

Maximilian Schmidt

Impressum

Autor: Maximilian Schmidt
Umschlagkonzept: toepferschumann, Berlin

Verlag: tredition GmbH, Hamburg
ISBN: 978-3-8495-3201-7
Printed in Germany

Text der Originalausgabe

's Almstummerl

Hochlandsbild
von

Maximilian Schmidt

Leipzig
H. Haessel Verlag

I.

Nahe der bayerisch-tirolischen Grenze, wo die rote mit der weißen Valepp vereinigt brausend durch ungeheure Felsenmassen stürzt, liegt von hohen, zackigen Berggipfeln umgeben eine kleine Ansiedelung, auf welche die kahlen Häupter des Sonnwendjoches und des Schinders ernst herniederschauen. Ein Försterhaus, ein paar von Holzarbeitern bewohnte Hütten und ein hübsches, im gotischen Stile erbautes, dem hl. Bartholomäus geweihtes Kirchlein bilden die unscheinbare Ansiedelung, welche unter dem Namen der »Valepp« weit und breit diesseits und jenseits des Grenzschlagbaumes bekannt ist. Eine kurze Strecke abwärts befindet sich in einer Klamm das großartige Triftwerk, die Kaiserklause, durch welche, sobald die Schleusen geöffnet werden, das Wasser brüllend hindurchstürzt und auf den schäumenden Wogen das Scheitholz mit fortreißt zu dem gewaltigen Innstrome.

Hauptsächlich ist es der Bartholomäustag, der 24. August, welcher in der Valepp eine große Menschenmenge zusammenführt, die es sich in dem gastlichen Försterhause, welches zugleich Wirtshaus ist, beim »Almakirta« wohl gefallen läßt Da kann man die stämmigen Holzknechte mit den lustigen Almerinnen schuhplatteln sehen und vom fröhlichen Jauchzen hallen die Felswände wieder. Manch schöne Tirolerin pascht ihr Herz bei dieser Gelegenheit ins Bayernland herüber, manch bayerisches Almendirndl lauscht dem schönen Sang des Nachbars mit mehr Interesse, als der erklärte Bua für nötig findet; schnell ist die Eifersucht zur wilden Flamme entfacht, – und – es wird »g'raaft.«

Mehr als je war heute, wohl zunächst der herrlichen Witterung wegen, der Almakirta besucht. Die stämmigen Burschen in grauer Joppe, Kniehösln und Wadenstrümpfen, die Spielhahnfeder keck auf dem grünen Hut, kamen mit ihren frischen Dirndln, die mit dem kleidsamen, goldbeschnürten Hütchen und dem nie fehlenden Sträußchen von Nelken und Alpenrosen im silberverschnürten Mieder recht reizend aussahen, fröhlich herangezogen. Lustiges Jauchzen hallt von den Bergen herab, wo die verschiedenen Almhütten stehen, und helles Jodeln hallt wieder hinaus als grüßende Antwort, zugleich Kunde gebend, daß der Ersehnte unten wartet.

Es ist dieses der einzige Tag, an welchem der Sennerin erlaubt ist, ihre Alm zu verlassen und ihre Pflegebefohlenen dem »Hüatabuam« anzuvertrauen, damit auch sie mit ihrem Buam den »Almakirta« mitfeiern kann.

Eine größere Anzahl von Sennerinnen kommen an diesem Tage von den gleich einem Hirtendörfchen umherliegenden Sennhütten im »Totengraben« heran, mit welch schauerlichem Namen man ein gegen den Spitzingsee zur Seite des Sträßchens liegendes, wiesenreiches Thal bezeichnet, welches von den kahlen Wänden der Bodenschneid und des Jägerkamms umgrenzt ist. – Helles Jodeln tönte von diesen Sennhütten, auch von den andern, entfernter gelegenen; nur von einer der letzteren, der sogenannten »Elendalm«, oberhalb des Enzengrabens, in etwas erhöhter, aber einsamer Lage, tönte kein heiteres Jodeln, obwohl eine in schmucke Gebirgstracht gekleidete weibliche Person unter der Thüre stand und nach der Richtung blickte, in der sich der Weg in die Valepp hinzieht. Vor der Sennhütte befand sich ein kleines eingezäuntes Gärtchen, in welchem sich ein bunter Flor von Blumen befand. Spanische Wicken wucherten an dem Zaune und innerhalb desselben blühten vielfarbige Astern, Nelken und Reseda, auf welche einige große Sonnenblumen anmaßend herniederblickten. Die Sennerin, denn als diese mußte man die Frauensperson wohl ansehen, hatte sich aus diesem Gärtchen ein Sträußchen geholt und damit ihre Brust geschmückt, einen zweiten größeren Strauß hielt sie in der Hand. Sie verriet durch keinen Laut, inwieweit sie an der allgemeinen Freude Anteil nahm. Aber sie verriet dies auch durch keine frohe Miene.

Sie war kein jugendliches Almendirndl mehr; sie mochte wohl nahe an den Vierzigern sein, gleichwohl war ihr Gesicht noch sehr schön; die pechschwarzen, von keinem Grau gemischten Haare, die tiefdunklen Augen, der ganze Ausdruck ihres regelmäßigen Gesichtes machten immerhin noch einen jugendlichen Eindruck. Die sanften Züge ihres Gesichtes verschärfte jedoch hier und da ein Ausdruck, der die Linien tiefen, langgetragenen Kummers, die Handschrift der Not annahm, wenn sie eine neue Unglücksstunde aufgefrischt hat.

Und war denn heute ein solcher Unglückstag, heute, wo die Berge vom frohen Jauchzen widerhallten, wo alles sich schmückte und freudig hineilte zum Almtanz in der Kaiserklause? Wie, fänden auch die häßlichen Gesellen Gram und Elend den Weg in die schöne Welt der Berge, welche man in schönen Sommermonaten so gerne aufsucht als die Heimstätte friedlichen Glückes? Es muß wohl so sein. Gleich dem Schatten verfolgt den Menschen die Leidenschaft, ob er im Flachlande oder in den freien Bergen, in Palästen oder ärmlichen Hütten wohnt, und wie sich der von so vielen für unempfindsam gehaltene Bauer für das Edle oft ebenso zu begeistern vermag, wie der Gebildete, was durch die geschichtlich bekannte »Sendlinger Bauernschlacht« und manch andere hochherzige That genugsam bewiesen ist, so leidet er auch und fühlt ebenso schmerzlich, oft noch tiefer, als der Städter, wenn die kalte Hand des Unglücks in sein Herz greift. Was er dann vielleicht vor dem Städter voraus hat, das ist der christliche Duldersinn.

Dieser war es, welcher auch das stumme Mirdei oder »'s Almstummerl« aufrecht erhielt, denn die Dirn, welche mit dem Blumenstrauß in der Hand soeben in die Sennhütte zurückging, war stumm. Nicht stumm geboren; in einer unglückseligen Stunde hatte sie der Schrecken der Sprache beraubt, es war jene Stunde, in der sie den Geliebten, den Bräutigam verlor, den Bräutigam, dessen Bild sie jetzt aus der Truhe im Schlafgemach herausnahm, im Kaser (Kuchel) auf den Tisch legte und mit den eben gepflückten Blumen, so gut es ging, bekränzte. Dann nahm sie aus einer alten Schachtel einen vergilbten Myrtenkranz und nachdem sie sich auf einen Stuhl niedergelassen, betrachtete sie das gemalte Bildnis, welches einen jungen, hübschen Burschen, mit Joppe und Kniehösln gekleidet, vorstellte.

Mirdei fühlte sich in die Zeit ihrer Jugend zurückversetzt. Sie sah sich im Geiste auf dem Schöneckerhofe, der Heimat des abgebildeten Burschen. Bartl war dessen Name und heute sein Namenstag. Sie feierte diesen, indem sie das Bild des Geliebten mit Blumen schmückte und sich festlich angekleidet hatte. Doch was war es mit dem Originale, wer war der Gefeierte? Wir wollen das in Kürze erzählen.

Heute waren es gerade zwanzig Jahre, daß Mirdei und Bartl beim Almtanz in der Kaiserklause ein Liebesbündnis schlossen auf Tod und Leben. Mirdei war eine arme Sennerin auf der Alm, auf welcher sie noch heute regierte, aber das schönste Dirndl in der ganzen Valepper Gegend; Bartl dagegen war der Sohn und Erbe des anscheinend reichen Schöneckers, dessen Hof in erhöhter Lage aus einem gegen den Valeppfluß abfallenden Hange unweit dem tirolischen Brandenberg stand. Schon war der Hochzeitstag gekommen, das Bräutchen geschmückt zum festlichen Gange, harrend des Bräutigams. Doch dieser kam nicht. Die festgesetzte Zeit war längst vorüber; eine trübe Ahnung erfaßte Mirdei. Sie lief in das Haus ihres Bräutigams und sah, in die Stube eingetreten, wie dieser eine schon ältere Witwe aus einem Nachbarhofe umhalste und küßte. Auf dem Tische nebenan lag ein großer Haufen Guldenstücke, eine Weinflasche und mehrere Gläser standen daneben.

»Jesses, 's Mirdei!« rief Bartls Vater beim Anblicke der Eintretenden. »Du hast koa' Geld, Dirndl!« fuhr er fort, »was nutzt 'n Bartl dein saubers G'sicht alloa! Die Sach wird anders g'macht. Der Bartl nimmt die reiche Wittib als Bäurin und du kriegst hundert Gulden als Entschädigung.« Dabei reichte er ihr eine Handvoll Geld hin.

Mirdei, die des Morgens noch so glückliche Braut, wurde weiß wie eine Leiche.

»Dei' Voda will mi tribuliern!« sagte sie in ungewissem Tone zu Bartl, der sie schweigend anstarrte.

»Aus G'spaß gieb i dir koa' Handvoll Geld,« entgegnete roh lachend der alte Schönecker. Und die Wittib und Bartls Mutter lachten mit.

»Du willst mi wirkli verlassen, Bartl?« rief Mirdei, sich an diesen wendend. »Es is koa' G'spaß, es is dei' Ernst?«

»Du siehst, i konn nit anders,« entgegnete jetzt der Gefragte, »da Voda und d' Muatta wollen's a so hab'n. I brauch a Bäurin mit Geld, daß i 'n Hof wieder schuldenfrei krieg, und da siehgst mei' neue Hochzeiterin. Pfüat di Gott, Mirdei!«

Dieses sprechend, bedeckte er sein Gesicht mit beiden Händen, als wollte er die Scham verdecken, welche er über das Gesprochene empfand.

Mirdei erschrak auf den Tod. Das Blut drang ihr zum Herzen, sie erhob die Hand, wollte Bartl antworten, – sie rang nach einem Laute

– die Stimme versagte ihr – alle Anstrengung war vergebens. Nur einen unartikulierten Schrei stieß sie aus, dann fiel sie ohnmächtig auf den Stubenboden hin. Man brachte sie in das Haus, in welchem sie in der letzten Zeit gewohnt hatte; man hielt sie für tot. Als sie endlich nach einigen Stunden wieder erwachte, war sie stumm. Kein Wort drang mehr über ihre Lippen. Der Schrecken hatte ihr die Sprache genommen. Ihr Herz war gebrochen. Nachdem sie sich wieder kräftig genug fühlte, um arbeiten zu können, verdingte sie sich neuerdings bei ihrem früheren Dienstherrn als Almdirn. Es war dies der untere Rauecker, ein vermöglicher Bauer aus der Tegernseer Gegend, dem auch die Alm in der Valepp gehörte. Man nannte das stumme Mirdei von nun an »'s Almstummerl« und die Alm wegen des großen Elends ihrer Sennerin »die Elendalm.«

Mirdei suchte durch fortgesetzte Thätigkeit das Unglück, welches sie anfangs nicht überdauern zu können glaubte, wenn auch nicht zu vergessen, so doch zu lindern, und dieses war auch das einzige Mittel, durch welches sich die so tief Gekränkte wieder aufrichtete. Solange der Mensch thätig, verschließt sich die Wunde des Herzens und dieses wird neu gestärkt und erträgt dann leichter die wiederkehrenden Stunden des Elends. Nach und nach weicht dieses dann, oder erblaßt allmählich, und das Herz nimmt neben ihm wieder neue Eindrücke in sich auf, die neuen Verhältnissen entspringen.

Das Almstummerl auf der Elendalm war die ersten Jahre ein Gegenstand des Bedauerns und der Neugierde, späterhin vergaß man die Geschichte und so kam es, daß mit der Zeit nur wenige mehr vom Almstummerl Näheres wußten. Mirdeis Dienstherr, »der untere Rauecker«, war kinderlos und beabsichtigte nach dem Tode seiner Bäuerin das fleißige Mirdei zu heiraten. Aber diese konnte sich nicht dazu entschließen. Sie wenigstens wollte dem Schönecker die Treue bewahren bis zum Tode. Der Rauecker hatte gleichwohl zu seiner Almdirn, die ihm so großen Nutzen einbrachte, eine solche Zuneigung gefaßt, daß er ihr testamentarisch der Bauernhof als Eigentum vermachte, trotzdem er einen Bruder hatte, welcher den oberen Raueckerhof besaß. Er hatte sich mit diesem verfeindet und bevor er sich noch mit ihm aussöhnen konnte, überraschte ihn ein Schlaganfall mit tödlichem Ausgang. Mirdei war nun plötzlich eine vermögliche Bäuerin geworden. Sie war ein elternloses Mädchen, hatte auch sonst keine Verwandten; so mußte sie nur fremde Leute auf ihrem Hofe haben. Gar mancher sah sich jetzt das Almstummerl und den Raueckerhof näher an, mancher klopfte auch an, aber es ward ihm nicht aufgethan.

Mirdei war so an ihr Almenleben gewöhnt, daß sie noch als Hofbesitzerin es übernahm, ihr Vieh selbst dorthin zu geleiten und nach wie vor eine Sennerin zu machen. Den Hof ließ sie einstweilen von einer treuen »Hoamdirn« bewachen. So blieb sie frisch und gesund auf ihrer Elendalm, und gar mancher blickte hinauf und wünschte sich ein solches »Elend«, wie es jetzt dort oben zu Hause war, nämlich die schöne Herde Vieh, die prächtigen Geißen und Schafe, und die herrlichen, honigduftenden Matten zwischen den prächtigen, bewaldeten Bergen.

Der Freuden gab es freilich für das Almstummerl wenig und diese bestanden darin, den Nebenmenschen Gutes zu thun und der Armut von ihrem Überflusse mitzuteilen.

Anderer Art waren die Schicksale Bartls. Nachdem der Treulose die vermögliche Witwe geheiratet, war der Segen von ihm und seinem Hause gewichen. Zwar schenkte ihm sein Weib schon im nächsten Jahre ein Mädchen, die Burgl, aber die ältliche Frau wurde durch ihre fortwährenden Zänkereien ihrem Manne bald zuwider. Es gefiel ihm nicht mehr auf seinem Hofe; sein Hauptaufenthalt war das Wirtshaus. Hier vertrank er seine Sorgen, vertrank die quälende Erinnerung an Mirdei und kümmerte sich weder um Haus, noch Familie. Dazu litt sein Hof Schaden durch Hagelschlag und Seuchen; er mußte viele Schulden machen. Sein Weib wurde krank vor Kümmernis und starb. Bald war es bekannt, daß Bartl auf der Gant sei. Der Hof wurde ihm verkauft, und arm ward er von dem Besitztum seiner Eltern, welche der Tod diesem Unglücke rechtzeitig entrückt hatte, vertrieben.

Bartl hatte niemals arbeiten gelernt, im vorgerückten Alter wollte er es noch weniger lernen. Dem Wirtshaus aber konnte er nicht mehr entsagen und er verschaffte sich die Mittel zum Trinken auf unrechtmäßige Weise. Er schlich in den Wald und schabte von den Bäumen das Harz, das er an die Pechhändler verkaufte, oder er paschte kleine Waren über die Grenze, wodurch er sich sein Agio verdiente. Seine Gewissensbisse suchte er durch regelmäßige Räusche zum Schweigen zu bringen. In wenigen lichten Stunden gedachte er wohl seines armen Kindes, um das er sich seit dem Tode seines Weibes nicht mehr gekümmert und das er fremden Leuten überlassen hatte; er dachte auch an Mirdei, er klagte sich und seine Eltern an, er bereute. Aber das geschah nur selten und niemals lange. Er vermied es, in die Nähe des stummen Mirdei zu kommen, späterhin hielt er sich ohnedies entfernt von der Heimat und wäre in dieser fast verschollen, wenn nicht von auswärtigen Gerichten öfters üble Anzeigen dorthin gekommen wären, meistens des Inhalts, daß der Bartholomäus Schönecker auf so und so lange wegen wiederholten Paschens im Gefängnisse versorgt worden sei.

Sein verwaistes Kind hatte seiner Zeit eine arme, brave Näherin im Zillerthale in Kost genommen. Die Gemeinde, in der Bartl heimatberechtigt, war verpflichtet, das Kostgeld zu bestreiten. Dieses wurde jedoch in so unbedeutender Summe und so unregelmäßig, meist gar nicht bezahlt, daß die brave Näherin, welche zu dem Kinde eine aufrichtige Liebe hatte, auf jeden Erziehungsbeitrag verzichtete und es aus eigenen Mitteln auferzog. Sie erhielt jedoch erfreulicherweise recht bald einen Beitrag von Mirdei, dem sogenannten Almstummerl. Als diese den Aufenthalt des Kindes ihres einstigen Bräutigams erfuhr, suchte sie dasselbe auf und machte es sich zur Lebensaufgabe, zur Erziehung des Mädchens nach besten Kräften beizusteuern. Hatte sie ja doch sonst auch keinen Menschen, für den sie zu sorgen hatte, niemanden, der ihrem Herzen nahe stand.

Als Burgl zwölf Jahre alt war, brachte sie ihre Erziehungsmutter, es war am Bartholomäustage, zu der stummen Sennerin in die Elendalm, damit sie sich bei ihrer Wohlthäterin bedanken könne. Der Mirdei gefiel das schöne Mädchen, das seinem Vater Zug für Zug glich, und sie nahm sich vor, sich auch fernerhin der Waise anzunehmen. Sie vertrat bei der Firmung des Mädchens Patenstelle und ließ es demselben an nichts fehlen, und Burgl kam mit ihrer Ziehmutter später noch einigemale zum Almakirta in die Valepp.

Auch heute hoffte Mirdei auf den Besuch des nunmehr achtzehnjährigen Mädchens und es war seit lange ihr Plan, dasselbe jetzt ganz zu sich zu nehmen. Deshalb hatte sie so oft nach dem Wege geblickt, auf welchem die Burgl herankommen mußte.

Bartls Begegnen hatte Mirdei stets sorgsam vermieden, doch flehte sie für ihn zu Gott, daß er sich seiner erbarme und ihn nicht in

Sünden zu Grunde gehen lasse. Die Liebe, welche sie einst für ihn empfunden, konnte sie nicht mehr ganz ausrotten aus ihrem Herzen, so sehr sie sich auch dazu zwingen wollte; wälzte sie doch das ganze Unglück auf Bartls Eltern und hierin fand sie einen Funken von Entschuldigung für den Verkommenen. Selbst als Bartl eine für alt und jung verabscheuungswürdige Persönlichkeit, ein gemiedener Mensch wurde, selbst da noch verging kein Tag, an dem sie nicht an den einst so Treulosen und jetzt so Bedauernswürdigen dachte, für ihn betete. – –

Mit dem Beginne unserer Erzählung kam Bartl eben wieder aus dem Gefängnisse zurück und ward in die Heimat geschubt. Himmel und Hölle schienen ihn verlassen zu haben; man wies ihn aus den Wirtshäusern aus, weil er nicht bezahlen konnte, man ging ihm, als einem Lumpen, aus dem Wege. Niemand erwiderte seinen Gruß, und wo er um Arbeit bat, jagte man ihn mit Hunden aus den Häusern. Und er hatte nicht einen Kreuzer Geld in der Tasche. Er getraute sich nicht in den Wald hinaus, um Harz zu stehlen, denn er wußte, daß man ihn sogleich attrapieren würde, daß er von Spionen umgeben sei. Die Lage des einst so reichen Bartl war also geradezu eine verzweifelte. Er fühlte, daß er fort müsse aus der Gegend, daß er unter fremde Menschen müsse. Aber dazu brauchte er Geld! Woher nehmen? Er dachte lange darüber nach. Endlich tauchte ein Gedanke in ihm auf. Er dachte an das stumme Mirdei. Es war ihm nicht unbekannt geblieben, daß sie eine reiche Erbschaft gemacht, und ebenso, daß sie sich noch immer auf der Alm in der Nähe der Valepp aufhalte. Fast zwanzig Jahre waren verflossen, seit er sie nicht mehr gesehen; er hoffte, daß sein Besuch ihm irgend einen Vorteil bringe.

Es war am Tage des hl. Bartholomäus, als er sich auf den Weg zur Kaiserklause machte. Auf dem Wege zur Elendalm begegnete er einem Viehtreiber, der zwei schöne Kalben führte. Ein des Wegs kommender Bursche fragte den Treiber, woher er die schönen Kalben hätte und dieser erzählte ihm, er hätte die Tiere vom Almstummerl auf der Elendalm gekauft und ihr dafür das schönste Silbergeld hingelegt.

»No',« meinte der Bursche, »da kann sie si' heut am Almakirta an' guatn Tag aafthoa'.«

Der Händler meinte, das würde sicher geschehen, denn die stumme Sennerin habe sich heute aufs festlichste gekleidet und sie würde gewiß schon auf dem Wege zum Kirchlein in der Valepp sein.

In Bartls Gehirn zuckte ein teuflischer Gedanke auf. Es zog ihn hinauf zur verlassenen Elendalm. Vor seinem wirren Sinn schwebte das klingende Silbergeld. Weit ab vom Wege schlich er hin zu der Behausung des einst von ihm so schnöde behandelten Mädchens, welches gerade in dieser Stunde lebhaft seiner gedachte. –

Es war auf der Elendalm recht still geworden. Die Bewohnerinnen der umliegenden Sennhütten waren längst zu Thal gestiegen, die Hüterbuben trieben ihr Vieh auf entferntere Weideplätze, und so war weit und breit kein menschliches Wesen zu erblicken; heilige Stille herrschte in diesen erhabenen Regionen.

Mirdei hatte ihr Vieh gleichfalls dem Hüterbuben zur Bewachung anvertraut, auch sie hielt heute Feiertag, aber nicht, um wie die andern zum Almentanz zu gehen, sondern hier oben in dieser Einsamkeit in Ruhe die schönsten und zugleich bittersten Tage ihres Lebens an ihrem Geiste vorüberziehen zu lassen, noch einmal alle Freude und alles Elend durchzufühlen, das sie damals empfand. Lange hatte sie das Bild des Geliebten betrachtet, dann ging sie in die Kammer, ihren Rosenkranz zu holen, denn er bildete gleichfalls einen Bestandteil ihres einstigen Brautschmuckes, er war Zeuge der Freude und des Schmerzes jenes unglückseligen Tages, er durfte auch heute auf dem Tische, auf welchem die Erinnerungsstücke ausgebreitet lagen, nicht fehlen.

In diesem Momente öffnete sich die Thüre, welche von außen in die Hütte führte, ein Mann schob sich herein in den Kaser, sah sich vorsichtig um, und als er jemanden in der Kammer auf- und abgehen hörte, eilte er nach dem jetzt leeren Stalle, um sich dort zu verstecken. Unwillkürlich hatte er das Messer aus der Hosentasche gezogen. Noch hatte er die Thüre nicht ganz geschlossen, als Mirdei wieder aus ihrer Kammer trat und so blieb er ruhig hinter der Stallthüre stehen, um sich nicht durch eine unvorsichtige Bewegung zu verraten. Der Mann war Bartl. Er hatte sich einen künstlichen Höcker gemacht und den Kopf verbunden, um von niemandem erkannt zu werden, denn sein Besuch auf der Alm sollte in einem

Verbrechen gipfeln. Er stand dicht an der nur angelehnten Thüre, den Kopf an die Spalte gedrückt und verfolgte mit Aufmerksamkeit alle Bewegungen Mirdeis. Zwei Geister stritten sich in ihm. Er war wie angebannt an der Stelle. Mirdei hatte den Rosenkranz zu dem andern auf den Tisch gelegt und hielt nun wieder das bekränzte Bild in der Hand, das sie unter Thränen küßte und dann seufzend auf den Tisch stellte. Bartl hatte es sofort als sein Bild erkannt. Sie sah es mit einer Miene an, als wollte sie sagen. »Du bist heunt mei' liawa Gast!« Dann nahm sie den Brautkranz und hing ihn an das Bild und setzte sich neben hin, sich wieder ganz ihren Eindrücken überlassend.

Bartl hatte die Hand vom Mordstahl, den er in der Brusttasche verbarg, genommen. Träumte er? War das Wirklichkeit? Die von ihm so schmählich Betrogene ehrte noch heute sein Bild? Heute – war denn heute nicht sein Namenstag? War nicht der Jahrestag, der unglückselige, des einst bestimmten Hochzeitstages? Und Mirdei feierte diesen Tag! Sie fluchte ihm nicht, sie betete für ihn, sie küßte sein Bild! Also gab es doch noch *einen* Menschen auf der Welt, der ein Mitgefühl für ihn hatte? Er war nicht ganz ausgestoßen von der Menschheit? Eine Person fühlte noch für ihn und gerade diese wollte er jetzt – –

Es schauderte ihn. Schnell riß er das Tuch vom Kopfe, sprang zu Mirdei hin, stürzte auf seine Kniee und rief: »Mirdei! Mirdei!«

Die so Angerufene erschrak heftig und wandte sich nach der Stelle, von welcher der Ruf kam. Ihr Schrecken erhöhte sich noch, als sie Bartl erblickte. Sie wollte zur Thüre hinaus – entfliehen.

»Bleib, Mirdei!« rief jetzt Bartl. »I thua dir nix! Glei geh i wieder. I hon gsegn, daß d' mi no' nit ganz veracht'st, daß d' dös Bild von dem arma Bartl no' wert haltst, anz'schaugn.«

Mirdei war jetzt wieder gefaßt. Sie blickte nach dem Bilde und grüßte es mit der Hand, dann wandte sie sich Bartl zu mit einer Bewegung, die anzeigte, daß es ihr vor ihm, dem jetzigen Bartl, graue. Sie faltete die Hände zusammen und wies dann nach der Thüre.

Bartl stand auf. Er starrte sein Bild an. »Durt hon i freili nit g'wußt, daß 's no' an' Namenstag für mi giebt, an dem i betteln und hungern muaß,« sagte er für sich. Und er bedeckte sein Gesicht mit beiden Händen.

Als die Stumme das hörte, stellte sie ihm schnell eine Schüssel Milch und Brot hin und gab durch Zeichen zu verstehen, daß er sich's schmecken lassen solle. Dann bot sie ihm Geld an, damit er sich einen besseren Anzug und Schuhe kaufen könnte. Bartl konnte nicht essen, und wollte das Geld nicht nehmen, aber Mirdei steckte es ihm in die Brusttasche. Da fühlte sie das Messer. Da es in keiner Scheide war, zog sie es heraus und schien durch Gebärden sagen zu wollen: »Verlier dei' Messer nit!«

»Was wolltest du mit dem Messer?« glaubte sich Bartl jetzt fragen zu hören. Es überlief ihn eiskalt; eine fürchterliche Scham überkam ihn. Er warf das Messer nach seinem Bilde, daß es in demselben stecken blieb und mit dem Ausruf: »Mirdei, verzeih mir's! Pfüat di Gott!« stürzte er aus der Hütte.

Mirdei stand lange erschrocken da. Mit eigentümlichen Gefühlen betrachtete sie das Bild Bartls, welches er selbst durchbohrt hatte.

»Es is d' Reu,« dachte sie bei sich, »die eam dös hat thuan lass'n, es is der Ärger über si selber, daß er durtmals, wie er no' ausgschaut hat wie dös Bild, sei' Glück mit Füaß'n tret'n hat, daß er sei' Geld verpraßt und mi, sei' arm's treu's Dirndl verstoß'n hat. Armer Bartl, du sollst von mir iatz öfter was kriegn! Verhungern sollst nit. Bist ja iatz arm und elend – i will dir rechter Zeit Hilf bringa.«

Unter solchen Gedanken räumte sie die verschiedenen Sachen wieder zusammen; diesesmal legte sie das lange Messer Bartls zu den andern.

»I werd eam dafür a neu's kaafa, wenn i wieder abtrieb'n hab,« dachte sie bei sich.

Bald nachher kam der »Hüatabua« mit den Kühen heim und Mirdei verrichtete nun, nachdem sie auch ihren Sonntagsstaat abgelegt, ihre gewöhnlichen Geschäfte. Aber es wollte ihr heute nicht recht von der Hand. Das Wiedersehen kam ihr zu unverhofft. Und erwartete sie denn nicht auch heute Bartls Tochter, die Burgl? Sie setzte sich auf die Bank vor der Gred und sah hinunter auf den Weg, auf welchem die Erwartete kommen mußte. Welch ein Zusammentreffen, wenn Vater und Tochter sich bei ihr gefunden hätten? Sie legte die Hände in den Schoß und ihr Geist führte sie zurück in längst vergangene Tage. Sie sah sich wieder als glückliche Braut, sie konnte singen und sprechen, wie damals, bevor die reiche Witwe sich zwischen sie und ihren Bartl gedrängt hatte; es war ja dies die schönste Zeit ihres einfachen Lebens!

Indessen war Bartl gleich einem Flüchtling zu Thal gestiegen. Als er entsetzt über sich selbst von der Stummen floh, glaubte er nicht anders, als diese müßte es ihm angesehen haben, zu welch verächtlicher That er in ihre stille Hütte kam. Er nahm sich vor, ihr nie mehr unter die Augen zu treten. Ihr Anblick mußte ihn an die Schuld erinnern, die seiner Meinung nach schon durch den bloßen Willen, den er hatte, auf ihm haftete. Um sich zu betäuben, wollte er ins Wirtshaus gehen. Er hatte ja jetzt Geld, Mirdei hatte es ihm selbst in die Tasche gesteckt, das Scheppern mit demselben mußte ihn bei den Wirten in Respekt setzen.

»Für mi is koa' Hilf mehr,« sagte er zu sich selbst, »'s is nimmer der Müh wert, daß i no' an ordentlicher Mensch werd. Ma' glaubt mir's do' nit. Dös Geld von Mirdei wird ausreicha, bis mi d' Jaga nimmer so stark auf der Muck hab'n, bis i wieder Pech schab'n oder paschen kann, und nacha soll's fortscheppern in meiner Taschen.«

Für heute aber hoffte er, würde ihm der Wein behilflich sein, sich über die Erbärmlichkeit der Welt und über die seinige hinwegzusetzen, und so schritt er hastig an der wildbrausenden Valepp hinab zum Almentanz in der Kaiserklause.

II.

Beim Almentanz in der Kaiserklause hatte die Lustbarkeit ihren Höhepunkt erreicht. Hier ertönte schmetternde Musik und auf dem im Freien errichteten Tanzboden drehten sich lustig die munteren Paare beim Schuhplattler. Es liegt eine starke Sinnlichkeit in diesem Tanze, aber diese Sinnlichkeit ist eine schöne und wo sie nicht in das Gebiet des Schönen reicht, da ist sie wenigstens gesund, denn ihr Boden ist die Kraft und ihr Ziel die Grazie. Der Tanz beginnt sachte. Plötzlich lösen sich die Paare, die Dirndln winden sich mit Leichtigkeit unter dem erhobenen Arm des Tänzers hindurch und dieser Moment des Lösens ist ganz reizend. Dann drehen sich die Dirndln sittsam im Kreise, während die Burschen in die Mitte des Tanzplatzes springen, hier einen Kreis bilden und nun genau nach dem Takt der Musik mit den flachen Händen auf Schenkel und Sohlen ihrer mit Hakennägeln beschlagenen Schuhe patschen. Die Musik wird wieder sanfter, pfeifend springt der Bursche seinem Dirndl nach, das, im Kreise sich drehend, gewissermaßen vor ihm flieht; er duckt sich vor ihr auf die Erde, er springt bis zur Decke, bis er das Dirndl endlich »g'fangt« hat, ganz ähnlich der Spielhahnbalz auf den Bergen. Auch dort kreist der Spielhahn um die flatternde Henne, er springt heran und flieht zurück, er schnackelt und gruglt, zischt und überschlägt sich mit tollen Sprüngen, kurz – er tanzt.

Wenn der Tanz zu Ende, führt der Bursche sein Dirndl an seinen Tisch und sie muß aus seinem Maßkruge oder Weinglase trinken. Bayern und Tiroler tanzen hier in Eintracht miteinander.

Die Tirolerinnen mit ihren niederen, breitkrempigen schwarzen Hüten, dem geblümten seidenen Brusttuche, hellfarbigem Spenser und Rock nebst seidenem Fürtuch, sind in der Regel schmucke Dirndln, doch erregte eine unter ihnen heute ganz besonderes Interesse. Niemand kannte sie. Sie trug die Tracht der Zillerthalerinnen. Auf den schönen dunklen Zöpfen saß der grüne Spitzhut mit den sich auf die vordere Krempe legenden goldenen Quasten; das schwarze Mieder, in welches ein weißseidenes Brusttuch gesteckt war, ein grüner, mit mehreren Reihen schwarzer Borten verzierter Rock und eine weiße gestickte Schürze bildeten den kleidsamen Anzug. Ihrem herrlichen Wuchse und den schönen Formen entsprach auch das runde Gesicht mit den großen, dunklen Augen, das hübsche Stumpfnäschen und die schönen roten Lippen ihres lieblich geformten Mundes. Das Dirndl war heute zum erstenmale beim Almentanz und selbst ihren Landsleuten war sie unbekannt.

So sehr diese Fremde durch ihre Schönheit auffiel, so komisch wirkte der Anblick ihrer Begleitung, ein langer, hagerer Mann und eine kleine, dicke Frau. Nach der Dienstmütze zu schließen, welche ersterer trug, mußte er ein öffentliches Amt bekleiden. Außer dem östreichischen Käppi trug er eine hechtgraue Joppe und eine lange Tuchhose. Die in abgenützter Messingumfassung sich befindenden großen Augengläser saßen verwegen auf seiner Adlernase und hatten jedenfalls nur die Bestimmung, dem hageren Manne mit dem kahlen Kopfe etwas Autorität zu verschaffen. Er strich beständig sein glattrasiertes Kinn, als wolle er es noch spitziger machen und lächelte ohne Unterlaß, so daß sein nur mit wenigen Zahnruinen versehener Mund fortwährend offen stand, falls er denselben nicht zur Verzehrung der ihm von dem Mädchen vorgesetzten Speisen nötig hatte. Der Mann war Deklarationsschreiber in dem nahen östreichischen Grenzdorfe, d. h. er schrieb den Leuten, welche zollbare Waren über die Grenze fuhren oder trugen, die nötige Deklaration, wozu er von dem betreffenden Zollamte die Genehmigung hatte. Eine dienstliche Stellung war dieses nicht.

Was er an Korpulenz zu wenig, das hatte seine gewichtige Ehehälfte zu viel. Das kam wohl hauptsächlich daher, weil er für sie sorgte und arbeitete und sie für ihn aß und trank. Sie führte die kleine Kasse und wußte den Aufwand, welchen sie zu ihren Gunsten machte, damit zu beschönigen, daß sie Trank und Speise als Medizin betrachtet wissen wollte, durch die ihre erregten Nerven Beschwichtigung fanden. Sie heuchelte oft das Nahen einer Ohnmacht und kam der geängstigte Mann mit frischem Wasser, ihr holdes, dickes Angesicht damit zu bespritzen, so rief sie: »Wein! – Bier! – Fleisch! – die Krankheit liegt im Magen!« Die Magennerven mußten also beruhigt werden und dann aß und trank sie, und der arme Schreiber sah ihr wehmütig zu, wenn für ihn auch nicht ein Tropfen, ein Bissen übrig blieb; doch der gutmütige Mensch tröstete sich schon, wenn er seine teure Ehehälfte nur wieder ruhig atmen und außer Gefahr sah. Aber trotzdem hätte sie sich keiner solchen Wohlgestalt erfreuen können, wären ihr außer der Kasse nicht noch

andere Hilfsquellen geflossen. Da war in der Nähe ihres Heimator-
tes ein Kloster und der Frater Koch ein »langmächtiger« Vetter von
ihr. Die Frau Base besorgte ihm oft billige Einkäufe, besonders Ge-
flügel, und der Frater war so artig, der Base nicht die schlechtesten
Schnitzeln zukommen zu lassen. Und sie war gerade nicht auf Ge-
flügel passioniert, wenn die »Abfälle« nur recht gut und reichlich
waren, und dafür sorgte der gute Frater schon in seinem regen
Triebe für Nächsten- und Verwandtenliebe. Sie nannte sich Ursula,
und jedesmal kam es zum Streite, wenn sie ihr Gatte gemeinhin
»Urschl« anrief. Letzterer hieß Servazius. Es war bereits Ursulas
zweiter Mann; der erste war gleichfalls Deklarationsschreiber gewesen und hatte Pankratius geheißen. Die Leute sagen sich im Ver-
trauen, Herr Pankratius sei ein guter dummer Mensch gewesen, der
niemals einen Rausch gehabt, denn auch für ihn trank und aß die
sorgende Gattin, welche die Leute »einen Drachen« nannten, die
aufeinander folgenden Gatten aber »holde Ursula« titulieren mußten. Pankratius starb, Ursula trauerte ein volles Jahr, während dessen der alte Junggeselle Servazius bei der Schreiberswitwe »in Ver-
wesung« überging, wie er sich gewöhnlich ausdrückte, bis er das
Glück hatte, mit der Witwe auch den Posten zu erhalten und derselben sonach Hand und Amt verdankte. Aus überschwenglicher
Dankbarkeit nannte er sie »holde Ursula,« hungerte und durstete,
und nachdem der erste Glücksrausch verraucht, war es der Zwang,
den die dicke Gattin auf ihn ausübte, der ihn ohne Murren dulden
und hungern ließ.

Heute aber hatten sich die Verhältnisse für den Ärmsten in güns-
tigster Weise geändert. Ganz unvermutet war er in die Kaiserklause
zum Almentanz gekommen, noch dazu mit einem ganz prächtigen
Dirndl, das nicht nur frische Augen im Kopfe, sondern auch einige
Guldenstückeln in der Tasche hatte und sich eine Freude daraus
machte, dem Servazius extra eine Flasche »Tiroler« und ein gutes
Essen vorsetzen zu lassen. Die nebenansitzende Gattin, deren
Hauptschmuck in einem auffallend hohen Kamme bestand, der ihre
wenigen farblosen, nach rückwärts gekämmten Haare zusammen-
hielt, wollte dies scheinbar nicht dulden, genehmigte es aber später
durch Selbstbeteiligung. Aber auch von anderer Seite kamen ihm
Beiträge zu seinem leiblichen Wohle. Ein junger Bauernbursche aus
der Tegernseergegend, der Rauecker Franzl, saß neben ihm und

dem hübschen Dirndl und lud beide fortwährend ein, von seinem Weine zu trinken, welcher Einladung Servazius gern Folge leistete. Diesen gegenüber hatte ein östreichischer Finanzwächter Platz genommen, der mit Vorliebe an seinem mit schwarzer, ungarischer Bartwichse geschmierten, rötlichen Schnurrbart drehte und nach dem schönen Gegenüber schmachtete, dabei mit lautem: »Auf verehrtes Wohlsein!« ein Glas voll nach dem andern hinunterstürzte und schon sehr durchgeistigt aussah.

Jetzt begann wieder ein Tanz und der junge Tegernseer in seiner flotten Gebirgstracht und den silbernen Knöpfen an der Weste, forderte das Dirndl zum Schuhplattler auf.

»Is 's dalaubt, mit deiner Tochter z' tanzen?« fragte er Servazius.

»Wenn Burgl nix dageg'n hat, g'fälliger Verlaub,« entgegnete Servazius, die spärlichen Haare seines Hinterkopfes nach vorne streichend.

»No, Dirndl, was sagst du?« fragte der Bursche, dem neben ihm sitzenden Mädchen frisch in die dunklen Augen blickend.

»Es g'freut mi – alle guate Dinge san drei,« antwortete Burgl und unter einem freudigen »Juhu!« führte sie der Bursche zum Tanze.

Es war nicht der erste Tanz, den die beiden miteinander tanzten, sondern laut Burgls Antwort schon der dritte, und Burgls freudiger Blick verkündete, daß ihr dieser Tänzer der liebste von allen sei. Sie zog ihn jedem ihrer Landsleute und besonders dem koketten Finanzwächter vor, der sich einbildete, als ein Bekannter des Deklarationsschreibers und weil zum gleichen Amte gehörig, ein Recht zu haben, das Mädchen mit zudringlichen Worten und Blicken zu belästigen. Der Mann war über die Jünglingsjahre weit hinaus. Er war von sehr langer Gestalt und kahlköpfig, und that sehr gebildet. Seine Bildung wollte er hauptsächlich durch die Sprache bekunden, brachte aber dadurch einen abscheulichen Mischmasch von Hochdeutsch und Dialekt zu Tage.

»Frau Deklarationsschreiber,« begann er jetzt, nachdem er so lange als möglich das forteilende Paar mit seinen großen, blaßblauen, verschwommenen Augen verfolgt, »der Bauernlümmel hat genannt das Madl Ihrige Tochter – da können's stolz sein auf so herrliches Kind, Frau Schreiberin.«

»Na,' na', das könnte ich nicht sag'n,« entgegnete die dicke Frau. »Is mir viel lieber so. Herrje, was thät ich mit einer großen und saubern Tochter jetzt bei der sündhaften Zeit; hat man doch genug über sich selbst zu wachen und über seinen Nächsten, daß er nicht angesteckt wird von der sündhaften Genußsucht, dem verderblichsten Laster für Leib und Seele!« Dabei ergriff sie das volle Glas ihres Mannes und trank es mit einem Zuge und einem Seufzer aus.

Der Gatte war ganz verblüfft über diese unerwartete Expedition seines soeben eingeschenkten letzten Glases Wein. Die Schreiberin aber fuhr fort, dem schnurrbartdrehenden Finanzwächter Auskunft über das junge Mädchen zu geben. Sie erzählte ihm, daß das junge Mädchen aus dem Zillerthale komme und die Ziehtochter einer nahen Verwandten von ihr sei. Diese Anverwandte sei gestern mit dem Mädchen in der Absicht hergekommen, deren Godl, die Raueckerbäuerin, das Almstummerl auf der Elendalm heimzusuchen, welch letzterer das Mädchen viel zu danken habe. In vergangener Nacht aber sei die Base, wohl infolge vor Übermüdung, krank geworden und so habe sie, die Schreiberin und ihr Mann, es übernommen, das Mädchen zur Raueckerin zu bringen. Bei dieser Gelegenheit wollten sie den »Almakirta« in der Valepp mit ansehen und hofften, die Raueckerin hier zu finden; da dieses aber nicht der Fall sei, so bliebe ihnen wohl nichts anderes übrig, als mit Burgl bis zur Elendalm hinanzusteigen, wozu sie sich jetzt stärken müßte. Sie mußte der Base auf das Heiligste versprechen, auf das Mädchen acht zu haben, sie zu hüten, wie ihren Augapfel. Wie es gekommen, daß sie sich nach dem Gottesdienste hier niedergelassen und das Mädchen sich beim Tanze beteiligte, wußte Frau Ursula selbst kaum. Der junge Bursche, mit dem Burgl eben tanzte, hatte ihr die Erlaubnis hiezu mit einem Teller Küchel und einer Flasche Wein abgelockt, es war gekommen, wie bei der Sünde – das eine hatte das andere im Gefolge – und so tanzte Burgl schon zum drittenmal – aber dies sollte auch das letzte Mal sein.

Der Finanzwächter fand diesen Entschluß sehr löblich und freute sich schon, die Leute auf dem Nachhausewege begleiten zu können; er nahm sich vor, dem Mädchen hierbei viele galante Dinge zu sagen. Jetzt aber eilte er zum Tanzplatze, mit dem Madl einen Extratanz zu machen.

Burgl drehte sich vergnügt um den jungen Tegernseeer, der sie während des Gottesdienstes vor der Kapelle zuerst erblickt und seitdem nicht mehr aus den Augen gelassen hatte. Aber auch andern Burschen gefiel das schöne Tirolerkind und besonders waren es ihre eigenen Landsleute, welche sich ihrer Landsmännin nahen wollten. Schon mancher hatte dem Tegernseer auf die Schulter geklopft und ihm damit das Zeichen gegeben, ihm seine Tänzerin abzulassen; aber der junge Bursche machte jedesmal eine verneinende Bewegung und behielt seine Tänzerin für sich. Jetzt kam der Finanzwächter, der, ohne lange des Burschen Erlaubnis abzuwarten, Burgl um die Hüfte nehmen und weiter tanzen wollte. In diesem Augenblicke aber fühlte er sich von zwei kräftigen Armen gepackt, emporgehoben, aus der Mitte des Tanzplatzes hinausgetragen und nicht auf die sanfteste Weise zu Boden gelegt. Der überraschte Finanzwächter zappelte mit Händen und Füßen, alles lachte, aber ein Teil der Tiroler war sofort bereit, ihrem Landsmann Beistand zu leisten. Schnell hatten sich die Parteien gebildet. Wilde Blicke schossen hin und her und Drohungen wurden gegeneinander geschleudert, die Musik verstummte, die geängstigten Dirndln flohen vom Tanzplatze zu ihren Verwandten, da erscholl die kräftige Stimme des Oberförsters, der zugleich mit geballter Faust die sich aneinander Drängenden auseinander schlug. Er erklärte, daß Musik und Kirchweih sofort zu Ende seien, wenn nicht augenblicklich Ruhe und Friede eintrete. Diese Drohung genügte; man ballte die Faust in der Tasche und ging auseinander.

Der Finanzwächter schlich beschämt zu seinem Platze, mit hassenden Blicken den Tegernseer betrachtend, der so wenig Federlesens mit ihm gemacht. Dieser aber rief ihm lachend zu: »Nix für unguat – 's is in aller Froandschaft gschehgn, denn woaßt, so lang i 's Glück in der Hand halten därf, nimmt ma 's koa' Tuifi weg, vielwenga a Finanzwachta.«

Dieser erwiderte einige unverständliche Worte, welche wie »Grobian« und »Bauernlümmelei« lauteten, aber Franzl nahm keine Notiz mehr von ihm, sondern unterhielt sich wieder mit seiner schönen Nachbarin, welche sich durch des Burschen offenkundige Zuneigung eigentümlich berührt fühlte.

Ohne daß man anfangs darauf achtete, hatte inzwischen am untern Ende des Tisches ein in zerlumpte Kleider gehüllter Mann mit langem Haupt- und Barthaar Platz genommen. Es war der Schönecker Bartl. Er hatte sich mit Speise und Trank bereits versorgt, denn er stellte eine Flasche Tirolerwein nebst einem Glase vor sich hin und zog aus seiner Tasche eine Wurst, Brot und anderes. Er leerte rasch einige Gläser und stierte dann vor sich hin. Seine Gedanken waren nicht zur Stelle.

Der Finanzwächter bemerkte ihn zuerst und es war ihm erwünscht, seinem Unwillen auf irgend eine Art Luft machen zu können.

»Was fallt denn dem Lumpazi ein,« rief er, auf Bartl deutend, »erlaubt der sich, an unserm Tisch zu sitzen. Setz dich ins Gras; solche Schmiertiegl g'hör'n auf kein Herrntisch. Hast g'hört, Lump?«

Bartl hatte nur halb gehört; er war so mit seinen Gedanken beschäftigt, daß er erst auf die Schlußfrage den Sprechenden anblickte.

»Moanst mi?« fragte er.

»Wen denn sonst?« polterte der Mann des Gesetzes. »Pack dich fort von unserm Tisch, oder i pack dich –«

Jetzt ergriff Burgl Partei für den zerlumpten Mann.

»Warum wollts den arma Mann von seina Ruah votreib'n,« sagte sie. »Mei', dös Platzl is eam nit z' guat; 's schlechte Gwand, dös schänd't 'n nit; trauri gnua für eam, wenn er aaf d' Feiertag sei' Arbeitsgewand anzuign muaß. Bleib nur sitzen, Alta, und laß dir's schmeck'n.«

»Dös is aa mei' Glaabn!« rief Franzl. »Du bleibst, und brauchst a Geld, so sag's.«

Bartl, welcher soeben im Begriff war, dem Finanzwächter eine entsprechende Antwort zu geben, blickte erstaunt nach den beiden, die so unerwartet zu seinen Gunsten sprachen.

»Vogelts Gott!« sagte er zu Burgl. »I wünsch dir recht viel Glück in dein' Leb'n, dir und dem Buam da, der di amal kriegt.« Dabei blickte er Franzl an. »Aber i woaß nit,« fuhr er fort, »Dirndl, du bist mir so bekannt, 's is mir, als wenn i di heunt nit zum erstenmal sehget.«

»Dann geht's dir mit dem Dirndl, wie mir mit dir,« sagte der noch immer erregte Finanzwächter. »Ich mein' alleweil, dein konfisziertes G'sicht hätt' i schon öfters g'sehgn. Du bist a G'schäftspascher – wär'n wir nur über der Grenz, i sprechet schon a anders Wörtl mit dir.«

Dem Alten schoß das Blut zu Kopfe. Diese rücksichtslose Ansprache verletzte ihn empfindlich, obgleich er an derartige Demütigungen schon gewöhnt war.

»Woaßt was, großmauliger Finanzwachta,« rief er, »iatz bleib i extra da sitzen. I zahl' mei' Sach so guat,« dabei schepperte er mit den Münzen in seiner Tasche, »wie du, und wenn dir mei' Dasein z'wida is, so kannst di ja du wegpacken. I moan, es woant dir neamd nach.«

Der Finanzwächter wollte antworten, aber von allen Seiten hieß es jetzt. »A Ruah, d' Tiroler singa!« und vom Nachbartische, der nur von Tirolern besetzt war, tönte das prächtige Lied herüber:

Es lebe unser Vaterland
Das Felsenhaus Tirol &c. &c.

Burschen und Mädchen, namentlich auch Burgl, beteiligten sich an dem Gesange, dem alles mit Freuden zuhorchte. Selbst der magere Servazius und seine dicke Ehehälfte brummten und summten mit und ein allgemeines Juhuhuhu! folgte dem schönen Gesange. Die Bergknappen von Hausham und Miesbach, welche etwas zur Seite unter schattigen, breitästigen Ahorn- und Buchenbäumen sich mit ihren Familien gelagert hatten, stimmten einen zweiten Gesang an, dem die rüstigen Holzarbeiter, lauter kräftige, kerngesunde Burschen mit sonnverbrannten Gesichtern und offenen Brüsten, einen dritten folgen ließen. Auch ihnen ward allgemeiner Beifall gezollt. Die Miesbächer und Bayerischzeller, die Tegernseeer und die übrigen Bergler blieben auch nicht zurück und so wechselte Gesang mit Musik und Tanz und alles war in heiterster Laune, selbst die Sommerfrischler, welche von Tegernsee und Schliers hergekommen waren zu diesem berühmten »Kirta.«

Auf dem Tanzplatze wurde jetzt der Schuhplattler nur mehr in einzelnen »Scharen« getanzt. Hierunter versteht man eine bestimmte Anzahl Paare, welche sich meistens aus einer Gemeinde zusammenthun, wie z. B. die Bayrischzeller, die Tegernseer, die Brandenberger u. s. w. Sie wechselten nacheinander ab, wobei jeder Streit und jede fremde Einmischung vermieden wurde. Die übrigen Gäste vergnügten sich währenddessen, wie schon erwähnt, mit Singen ihrer Nationallieder und bald begann auch das Schnadahüpferl wie ein kleiner Kobold neckisch hin und her zu fliegen und verursachte oft das tollste Hallo, wenn es ein oder der andere Sänger verstand, seinen Stegreifgsangln einen recht witzigen Inhalt zu geben. Dem Rauecker Franzl gelangen die kleinen Schelmenlieder ganz besonders, und da er bemerkte, wie der Finanzwächter trotz der ihm zu teil gewordenen Demütigung noch stark zu der schönen Burgl hinneigte und sie ohne Unterlaß anschmachtete, so nahm er ihn öfters zur Zielscheibe seiner witzigen Lieder und sang mit Bezug darauf, daß man obige Charge in Bayern mit dem Namen »Grenzjäger« bezeichnet:

> »Mei' Schatz is a Jaga,
> A gar a verdrahta,
> Hat a nigl-nagel-neue Bix,
> Aba treffa thuat er nix.

> Mei' Schatz is a Jaga,
> A lustigs Bürschel,
> Er hat a paar Wadeln
> Wie d' Kreuzerwürstel.«

Der ausgesungene Finanzwächter suchte seine langen Beine unter dem Tisch zu verstecken, was ein allgemeines Gelächter hervorrief.

Servazius, welcher wieder aus der Flasche des Tegernseeers trank, wurde durch den Gesang ganz aufgeweckt und auch er sang jetzt mit eigentümlich komischen Gebärden.

> »Iatz hon i mei' Not eing'sperrt,
> Weil i 's gnua ho',
> Und hon an' großn Stoa' drauf g'legt,
> Daß s' nit raus ko'.

Der Glaub'n macht selig,
Der Hering macht Durst,
Der Pfarrer a Predigt,
Der Metzger a Wurst.

Wei' verkaaf d' Ant'n,
'n Buam müaß ma gwantn,
Sunst kriegt unser Hans
Koa' Dirndl zum Tanz.«

Er hätte seinen Gesang noch weiter fortgesetzt, aber Frau Ursula verstopfte ihm mit Gewalt den Mund.

»Servazius,« rief sie, »ich kenn' dich nimmer! du bist vom Teuf'l b'sessen!«

»O holde Ursula,« entgegnete er, »mir ist göttlich wohl!«

Der Tegernseeer begann jetzt wieder einen neuen Krieg mit dem Grenzjäger, indem er spöttisch sang:

»'s Dirndl hat g'sagt,
Sie liebt koan Schlecht'n,
Jetzt hat 's an' Grenzwachta,
Da hat's den Recht'n.«

Jetzt stand der Finanzwächter entrüstet auf und sang:

»Der Finanzwachta is a Herr,
Und der Kaiser is mehr,
Aber der Bauer is a Vieh,
Nur glaub'n will er's nie.«

Von seiten der Bayerischen erfolgte ein allgemeines Pfeifen, aber die Tiroler sangen es nach und suchten damit ihre Nachbarn zu ärgern.

Wieder schossen wilde Blicke von einem Tische zum andern und mancher Bursche setzte sein Hütchen keck aufs Ohr und drehte die Spielhahnfeder nach vorne. Aber bevor sich die Gemüter wieder erregen konnten, begann vom Tanzplatze her die einladende Weise zum Schuhplattler, und unter allgemeinem Jauchzen, Schnackeln und Schnalzen mit den Fingern führten die Buben aufs neue ihre Dirndln zum Tanz. Die Holzknechte aber begannen ein lustiges Lied, in welches die andern gern mit einstimmten:

»Schenkts ma amal was Boarisch ei',
Boarisch woll'n ma lusti sei'.«

Bartl hatte seine Flasche ausgetrunken und indem er nochmals dem Rauecker und der Burgl dankbar zuwinkte, entfernte er sich von dem Tische.

Auch Frau Ursula erhob sich jetzt.

»Höchste Zeit ist's, daß wir auf die Elendalm geh'n,« sagte sie; »die Raueckerin kommt nicht, also müssen wir 'naus. Es kommt mir freilich schwer an, bei der Hitz noch so viel zu steigen, zudem wir nicht einmal den Weg wissen.«

»Den kann i enk zoagn,« sagte Franzl bereitwillig. »I bin guat Froand zum Mirdei, zur untern Raueckerin. Sie hat ja mein Vodan sein Bruada g'irbt. Bei uns hoaßt's zum obern Rauecker. Mei' Voda freili kann 's Mirdei nit leid'n, weil er aaf 'n Hof spekuliert hat, aber i kann 's Stummerl wohl leid'n und recht gern mach i enkan Führer. I bin da Rauecker Franzl, z'naachst Tegernsee z' Haus. Ös därft's mir scho' nachfrag'n, wir san g'achte Leut, und wenn enk i führ', so seid's davonthalbn nit g'schänd't.«

Franzl entging es nicht, wie Burgl die Schreiberin mit einem fragenden Blicke anschaute und dann sehr erfreut dreinsah, als diese entgegnete, daß sie sich seiner Führung gerne überlasse.

»Wie weit ist's denn?« fragte sie.

»Woltern a Stund,« antwortete der Bursche.

»Eine Stund?« rief die dicke Frau, »also hin und her zwei Stund? Nein, das kann ich heut nimmer prästiern. Servazius – du gehst allein mit der Burgl. Ihr habt jetzt einen Führer, also braucht ihr mich nicht. Aber ich bitt' mir aus, gieb mir recht auf die Burgl obacht,« raunte sie ihrem Gatten zu. »Laß s' nicht allein mit dem Burschen und komm so rasch als möglich wieder. Ich werd einstweilen in der Kirch' meine Andacht verrichten. Jetzt ist's zwei Uhr –

bis vier Uhr seh ich nach euch aus. Gieb mir acht auf die Burgl! Das könnt' uns sonst die Erbschaft von der Basl kosten!«

Gleich darauf sah man den Schreiber sich mit dem jungen Paare entfernen. Der Finanzwächter schickte dem Burschen eifersüchtige und gehässige Blicke nach. Frau Ursula machte sich ebenfalls auf, aber nicht zur Verrichtung ihrer Andacht, sondern um im nahen Walde Ruhe zu halten, und bald träumte sie unter einer schattigen Tanne.

Auf dem Festplatze aber schmetterten die Trompeten, hallten frohe Gesänge und unaufhörliches Juchzen; nichts störte mehr die allgemeine Freude und die Lust des herrlichen Tages.

III.

Servazius wurde schon nach kurzer Wanderung infolge des ungewöhnlichen Weingenusses so schläfrig und müde, daß er erklärte, keinen Schritt mehr weiter gehen zu können und in einem Gebüsch zunächst des Steiges ausruhen zu wollen, bis ihn Burgl und ihr Begleiter auf dem Rückwege wieder abholen würden.

So gingen Franzl und Burgl allein zu der Elendalm am sogenannten Enzengraben hinauf. Neben dem Wege stürzt ein Wildbach, der seinen Ursprung auf dem nahen, bewaldeten Kreuzberg hat, über steiniges Geröll herab. Die kahlen Häupter des Sonnwend- und Schönfelderjoches ragten über die niedern Waldberge stolz empor und waren von der schon stark nach Westen sich neigenden Sonne glänzend beleuchtet. Auf den Waldungen des Kreuzberges und des gegenüberliegenden Auerberges lag ein smaragdgrüner Duft. Zwischen beiden leuchtete aus dem Bergthale das frische Grün der Almweiden des Totengrabens, und man sah das schöne, glockenläutende Almenvieh ruhig auf der dufterden Weide.

Burgl sah sich öfters und fast besorgt nach Servazius um, bis der Baum, unter welchem er ruhte, ihren Augen entschwunden war. Dann ging sie stille und in unklare Gedanken versunken, am Hange einer Schlucht und in der Nachbarschaft der Wipfel mehrerer hundert Fuß hohen Tannen und Fichten neben Franzl dahin. Auch dieser wußte nicht, wie er das Gespräch mit dem Dirndl, das es ihm heute »angethan hatte«, nunmehr, da sie allein waren, beginnen sollte. Nach langer Zeit fing er endlich an, über das stumme Mirdei zu sprechen, die es durch ihre Treue und Anhänglichkeit zu etwas gebracht habe.

»O, mei' Gebet hat g'wiß aa dazua beitrag'n,« meinte Burgl, »denn so lang i denk, hon i fürs Mirdei bet' und mei' Muatta, Herr, gieb ihr die ewi Ruah! is mir alleweil in der G'stalt vom Mirdei erschiena.«

»So hast koane Eltern mehr? Is der Schreiber dei' Gerhab?« (Vormund.)

»Na', 'n Schreiber sei' Frau is a Verwandte von meina Ziehmuatta; die is heut krankli worn und desweg'n san die Schreibersleut mit mir ganga. I bin an arm's Woaslkind. Meine Eltern san reiche Bauersleut gwen, aba da Voda war koa' Hauser – mei' Gott, d' Leut sagen's halt – wer woaß 's, was dran schuld war, daß er Haus und Hof verlor'n! Drüber is d' Muatta g'storbn und da Voda is außer Lands. Mei' Ziehmuatta sagt, daß er wahrscheinli längst scho' tot is. Sie und 's Mirdei, mei' Godl, san die oanzigen Menschen aaf der Welt, die si um mi kümmern. I werd heunt 's Mirdei bitten, daß s' mi ganz hernimmt zu ihr, damit i für sie arbeiten und ihr vergelt'n kon', was 's an mir Guats tho hat.«

»Dös is a schön's Vorhab'n,« sagte Franzl, »und mei' Wort gilt was beim Mirdei – i will dir guat red'n. Aba Dirndl, du siehgst nit aus, als wennst zum Ehhalten gebor'n waarst.«

»Moanst, weil meine Händ von koana grob'n Arbeit zoagn? Mei' Gott, mei' Schuld is 's nit. Mei' Ziehmuatta is a Näherin und i hilf ihr aus, so guat 's geht. Aba in der letzt'n Zeit hat d' Arbet na'lass'n. Da ziagn an etli um mit Nähmaschinen und mit dene kannst nimmer in gleichen Gang bleib'n, d'rum hon i mir vürgnomma, und der Ziehmuatta is 's aa recht, 's Mirdei z' bitten, daß s' mi in Deanst nimmt. I lern alles und grad waar's mei' Freud, so in der frischen Bergluft außen 'rum z' hantiern, wost d' Vögerln singa hörst und d' Wassa rauschen durch 'n Wald, und 's G'läut vom Almavieh so trauli klingt hoch ob'n am Berg, wost außi über Berg und Thal kannst schaugn und wost nix hörst von der Traurigkeit und Not, die d' Menschen geg'nanand so z'wida macht.«

»Dessel is scho' schö',« versetzte Franzl, »aba halt, nit alloa' därf ma' sei'; da krieget ma' do' aa diermal d' Weillang.«

»Dös kenn i nit,« antwortete Burgl. »Ich bin oft Tag' lang alloa' bei meina Arbet g'sess'n und mit Arbeit'n und Denk'n is mir da Tag recht kurzweili voganga. Da hon i so oft an mein' Voda denkt, wenn er dengerscht nit tot waar und wieder kommet und i eam helf'n kunnt. Gern wollt i mi plag'n für mei' ganz' Leb'n, 's Unglück, dös 'n g'haßt hat, machet eam vogess'n und wenn er aa voracht war von die Leut, weil er arm und vergant' is, i richtet sei' Gmüat scho' wieder z'samm und mei' Liab sollt eam a Kräutl sei' geg'n alle Kümmernis.«

»Dei' Liab?« fragte Franzl. »Ja, ja, 'ßel glaab i gern. Die lasset koa' Kümmernis mehr aufkomma, nit bei dein Vodan, nit bei dem Buam, demst es amal schenkst.«

Burgl schwieg. Sie fühlte des Burschen brennende Blicke auf sich gerichtet, er sagte die letzten Worte mit so bewegter, sanfter Stimme, daß das Mädchen darüber tief erröten mußte.

Auch Franzl sprach nichts mehr. Auf dem Wipfel einer hohen Tanne, an welcher sie eben vorüberschritten, trillerte die Walddrossel ihre einschmeichelnde Weise zum blauen Äther hinauf. Beide lauschten dem Gesange und schwiegen. Jetzt kam ein Wildbach quer über den Weg herab. Ein großer Stein diente als Brücke. Franzl reichte seiner schönen Begleiterin die Hand, um ihr beim Übersteigen behilflich zu sein. Ein rascher Sprung und der Wildbach lag hinter ihnen; aber beide schienen vergessen zu haben, ihre Hände wieder frei zu lassen. Hand in Hand wanderten sie weiter den duftigen Waldespfad entlang. So waren sie an der Alm angelangt.

»Da steht d' Elendalm,« sagte Franzl.

»Scho'?« fragte Burgl verwirrt und zog errötend die Hand aus der seinen.

Franzl rief die Sennerin mit einem kräftigen Juhschrei an, aber weder unter der Thüre, noch am Fenster zeigte sich jemand.

»'s Mirdei wird dengerscht dahoamt sei'!« rief Burgl.

»Aaf koan Fall is 's weit furt,« meinte Franzl; »g'wiß is 's beim Vieh drauß und schaut 'n Hüatabuam nach. 's Mirdei is gar streng. Derweil bis s' kimmt, rast' ma halt aaf der Gred und schau,« dabei drückte er an der Thüre, welche sich sofort öffnete, »da Kaser is offen und d' Zither liegt am Fensterg'sims – da kinna ma uns d' Zeit vertreib'n, bis 's Mirdei kimmt. Setz di nur her, Burgl, i sing dir was vür und du muaßt nachisinga; aba g'wiß, i volaß mi draaf.« Und während er einige Akkorde spielte, dachte er über die Worte nach, welche bestimmt sein sollten, in die Melodie eines Volksgesanges gekleidet, dem schönen Mädchen seine Gedanken zu enthüllen. Dann begann er zu singen:

> »I woaß 's nit, und i woaß 's nit,
> Was 's heunt mit mir is!
> Daß 's nit mit mir richti,
> Dessel woaß i g'wiß.

Sunst hat mir dös Drössel
Guat gsunga am Baam,
Heunt war's mir, als singet's
Mi in an' schön' Traam.

Und von dem schön' Traama
Bin i aafgwacht iatz grad,
Weil mi a liabs Engal
So liabli angschaut hat.«

Franzl hatte das Dirndl während des Gesanges nicht aus den Augen gelassen; auch Burgl blickte wie träumend nach ihm. Bei den letzten Worten schien aber auch sie zu erwachen, denn sie senkte errötend ihre Augen.

Franzl schob ihr die Zither hin und Burgl griff sofort nach derselben. Jetzt sang sie:

»I woaß 's nit, i woaß 's nit
Is 's recht, is 's nit recht,
Daß i woana und lacha
Zu gleicher Zeit möcht.

Dös Drössel, dös liawe,
Zwitscht da und zwitscht durt,
Ge, laß 's nit wegfludern
Und traam recht lang furt.«

Aber Franzl schien zum Weiterträumen wenig Lust zu haben. Er rückte den Hut schiefer aufs Ohr, sah Burgl mit einem schneidigen Blicke an und die Zither wieder zu sich nehmend, sang er in froher Weise:

»Deandl, wie moanst ebba,
Wennst ma dei' Herzal ga'st,
So lang i dös nit hon,
Krieg i koa' Ruah, koa' Rast.

Moanst nit, daß 's gscheita waar,
Du machst die G'schicht glei goa,
Mei' Herzal hast voneh,
Was thaatst denn iatz mit zwoa.«

Burgl hatte die mit Innigkeit gesungenen Worte in ihr Herz auf-
genommen, das sich plötzlich zu öffnen schien. Gleich wie der
Wanderer, auf der Spitze eines steilen Berges angelangt, überrascht
und überwältigt hinausblickt in die bis jetzt ungeahnte Pracht und
Majestät der Schöpfung, so sah auch das arme, bescheidene Dirndl
plötzlich ein unermeßliches Glück vor sich, so schön, so bezau-
bernd, wie es nur der empfindet, dessen Herz sich zum erstenmale
der reinen Liebe öffnet. Sie sah den hübschen Burschen mit glück-
strahlenden Augen an, sie wollte sprechen, aber der Redeton versagte ihr, sie griff nach der Zither und sang mit glöckelheller Stimme:

»Büawal, i kenn di nit,
Kenn grad' dei' G'schau,
Woaß nit, ob's g'ratn is,
Daß eam vertrau –

Mir geht da Himmi auf,
Nix mehr is trüab,
Funkeln thuat alles,
Moanst nit, dös is d' Liab?«

»Juhu!« rief jetzt Franzl und schlang seinen Arm um das Mädchen, aber in diesem Augenblick stand das stumme Mirdei vor den
beiden.

»Mei' Godl!« rief das Dirndl aufspringend und auf dieselbe zuei-
lend, und da sie bemerkte, daß sie nicht gleich erkannt wurde, fuhr
sie fort. »Kennst mi glei gar nimmer, d' Burgl, dei' Firmgodl?«

Jetzt reichte die Stumme der Sprechenden beide Hände hin, mit
Zeichen zu verstehen gebend, daß Burgl bei ihrem letzten Besuche
noch viel kleiner gewesen und sie erstaunt sei, ein so großes und
sauberes Dirndl zu sehen. Nochmals schüttelte sie ihr die Hand und
drückte ihre Freude aus, von ihr heimgesucht zu werden. Dann

aber sah sie ganz verwundert nach dem Rauecker Franzl und konnte sich nicht denken, wie die beiden jungen Leute dazu kamen, sie zu gleicher Zeit auf ihrer einsamen Alm zu besuchen. Noch unerklärlicher war ihr die gegenseitige Vertrautheit der beiden.

Franzl klärte sie hierüber vollkommen auf. Er erzählte ihr Zusammentreffen beim Almentanz in der Valepp und wie er sich erboten habe, Burgl und ihre Begleiter auf die Elendalm zu führen; wie von letzteren eines nach dem andern zum Aufstiege unfähig geworden sei und der Schreiber schlafend ihre Rückkehr erwarte. Da sie die Hütte leer gefunden, hätten sie sich einstweilen durch Gesang die Langeweile vertrieben.

Mirdei drohte lächelnd mit dem Finger, und als sie Burgls Erröten bemerkte, streichelte sie ihr die blühenden Wangen und sah ihr lange in das glückstrahlende Gesicht. Welche Gedanken mochten in diesem Augenblicke Mirdeis Herz durchzittern!

Nach einer Weile nahm sie Franzl bei der Hand und legte die Linke an ihr Herz, als wollte sie fragen: »Moanst es ehrli mit dem arma Dirndl?«

Franzl verstand sie.

»So wahr Gott im Himmi lebt,« rief er, »d' Burgl und koa' andere wird mei' Bäurin. Siehg i's aa erst sita heunt, so is 's ma just, als waar 's bei mir gwen, so lang i denk und als waar alle Freud, die i dalebt hon, von ihr ausganga. Und wenn 's iatz für mi a Bild ohne Gnad waar, i wißt fredi nit, was i anfanga müaßt. Ge zua, Mirdei, hilf ma zu dem Dirndl. Laß mir die Feindschaft von mein Vodan nit entgelten.«

Die Stumme betrachtete ihn lange prüfend, dann sah sie in Burgls strahlende Augen. Jetzt nahm sie die stets auf dem Tische liegende Schreibtafel und schrieb mit dem daran hängenden Griffel darauf: Ich nehme die Burgl ganz zu mir an Kindesstatt und werd noch heut mit ihrer Ziehmutter das Nötige ausmachen. Bewährt sich dann die Lieb und Treu, so sorg ich für euer Glück.

Diese Zeilen erregten bei den jungen Leuten lauten Jubel. Franzl jauchzte laut auf und Mirdei wollte es ihm nicht wehren, als er Burgl in seinen Arm nahm und ihr einen herzhaften Kuß auf die brennenden Lippen drückte.

Dann setzte die Stumme ihr Hütchen auf, hing ihre Jacke um und verließ mit dem glücklichen Paare die Elendalm, welche in dieser Stunde diesen Namen gewiß nicht mit Recht führte. Mit den glücklichsten Gefühlen stiegen sie auf dem kürzesten Wege zu Thal, des unter dem Gebüsche ruhenden Servazius ganz vergessend, dessen Erwachen sich weniger süß gestaltete als die genossene Ruhe, wie wir im nächsten Kapitel hören werden.

IV.

Frau Ursula schlummerte sanft in Gottes freier Natur und länger, als sie es vorhatte. Sie hätte vielleicht noch lange in süßen Träumen geschwelgt, wenn sie nicht auf eine sehr unsanfte Weise aus ihrem Schlafe aufgeschreckt worden wäre. Sie wußte nämlich nicht, daß in der Nähe ihres Ruheplatzes die Böller postiert waren, welche früh morgens und während des Gottesdienstes abgeschossen wurden und auch am Nachmittage neue Ladung erhielten, um die Ankunft der königlichen Prinzen verherrlichen zu helfen. Man denke sich den Schrecken der guten Frau, als plötzlich in ihrer nächsten Nähe ein Böllerschuß erdröhnte! Ihr gellender Aufschrei tönte fast so laut, wie der in vielfachem Echo wiederhallende Schuß. Entsetzt sprang sie auf. Ihr erster Gedanke war, daß ein Attentat auf sie versucht, bald aber machten ihr mehrere auf ihr Geschrei herbeigeeilte Leute die Sachlage klar und sie wurde noch dazu über den ausgestandenen Schrecken und ihr nachheriges Räsonnieren weidlich ausgelacht.

»O hätt' ich den Servazius da, daß ich meinen Ärger an ihm auslassen könnt'!« wünschte sie sich, und mit neuem Schrecken ersah sie jetzt, daß die Nachmittagsstunde schon ziemlich weit vorgerückt sei und ihr Mann mit den jungen Leuten längst wieder zurück sein könnte. Auf dem Festplatze angelangt, wurde sie auf jedem Schritt und Tritt von den jungen Burschen gefragt, wohin sie das schöne Tirolerdirndl geschickt habe und ob dasselbe wiederkomme. Vergebens blickte sie nach der Richtung, in welcher die Abwesenden zurückkommen mußten. In dieser Zeit, meinte sie, könnten sie schon zweimal den Weg hin und her zurückgelegt haben. Was war die Ursache dieser Verspätung? Die Sonne sank immer tiefer. Jetzt hielt sie es nicht mehr länger aus. Sie fragte nach dem Wege zur Elendalm, aber niemand wußte Bescheid, da sie sich um Auskunft meistens an weit hergereiste Tiroler wandte. Sie war darüber sehr erzürnt und nahm keinen Anstand, das den Leuten auf eine Art zu sagen, daß man sie für eine Verrückte hielt, was Frau Ursula erst recht außer Rand und Band brachte. Endlich aber fand sie eine ältere, freundliche Frau, die, eine Spitzkirm auf dem Rücken tragend, des Weges kam, und welche nach langer und breiter Erklärung die gewünschte Auskunft geben konnte. Die dicke Frau aber wußte nach wie vor nichts.

»Also dort rechts hinauf?« sagte sie nochmals.

»Am Wasser entlang oder über d' Höh? Grad aus oder rechts?«

»s is woltern gleich,« entgegnete das Weib, »obst grad aus gehst oder wista umi; drent genga d' Steig wieder inanand. Wenn 's dir nit a so schlaunet, kaantst warten, bis i hoamgeh; i muaß a so aaf mehra Alma durt ob'n 's Brot bringa. Wart halt dieweil, bis i mei' Spitzkirw g'füllt hon d'rin im Wirtshaus. D' Brot-Katl hoaßn s' mi, wennst mi nit kenna sollst.«

Frau Ursula war dies zufrieden; sie trug aber der Kathl auf, sich zu beeilen, so viel es möglich, sonst müßte sie allein gehen.

»Es dernd dir nöt (es nützt dir nichts), du gaangst ja eh irr,« erwiderte lachend die sich Entfernende.

So verstrich abermals eine Viertelstunde, bis die »Brotkathl« endlich aus dem Hause zurückkehrte. Sie brachte vor Vergnügen ihren zahnlückigen Mund gar nicht mehr zusammen.

»I bin scho' g'richt,« rief sie der sie Erwartenden zu. »Ui Gottes, ui Gottes, is 's aaf da Klaus'n heunt fidei! Da kunnt i scho' 'n Tanzn zuaschaugn, bis d' Sunn ei'geht. Und d' gnä Frau Förschterin hat mir an' Kaffee geb'n, grad' an' recht an' guatn und a weiß's Kipfl dazua – mei'z liawe Frau, so an' Kaffee wenn i alle Tag krieget, moanet i dengerst, i waar im Himmi!«

»Mach, daß wir weiter kommen!« herrschte sie die Schreiberin an. »Ich geb' dir auch schon was, aber länger will ich nimmer warten. Ich mein, ich steh' auf Kohlen.«

»No' so kimm halt in Gottsnam, 's freut mi gar nit recht, 's Furtgehn heunt,« erwiderte die Brotkathl, dabei sehnsüchtig auf das Getriebe ringsumher blickend.

Jetzt begann wieder ein Tanz und die Burschen drängten mit ihren Tänzerinnen zum Tanzplatz.

»Jesses, Jesses!« schrie jetzt Kathl und rückte ihr Kopftuch zurück, »'s Sefferl von der Waizinger Alm thuat mit 'n Stoabauern Baltl von Egern schuahplatteln! Dös muaß i sehgn, dös muaß i sehgn. –

Woaßt was, Frau'l, halt di nur dort aaffi, wo der Gangsteig donni geht, ehst di umg'schaut, bin i dir nachi kemma – 's Sefferl muaß i sehgn, wie 's a si draaht!« Und ohne die mit einem Fluche begleitete Antwort der Schreiberin abzuwarten, eilte sie mit ihrer Spitzkirm dem Tanzplatze zu und folgte mit vor Begierde und Neugierde leuchtenden Blicken dem eben dort vor sich gehenden Schuhplattler. Die jetzige Brotkathl war halt auch einmal eine lustige Sennerin und der Almentanz in der Kaiserklause mochte manch schöne Erinnerung in ihr wachrufen. Daß sie dabei der dicken Schreiberin vergaß, das ist ja ganz natürlich.

Diese ging, wie ihr geheißen, den Gangsteig »donni« (hinan) und stolperte dann, ihrem Mißmute in Worten Luft machend, mühselig aufwärts. Da, war es eine Vision oder Wirklichkeit? lag unter einer Tanne zunächst des Weges schlafend, schnarchend ihr Gatte.

»Heiliger Bonifazius, da liegt mein Servazius!« rief die Frau erschrocken, und erschrocken fuhr der hagere Mann auf, es war ihm, als hörte er die Stimme des jüngsten Gerichts.

»Wo ist die Burgl? Wie kannst du da schlafen? Was fällt dir ein? So befolgst du meine Aufträge, so kann ich mich auf dich verlassen? So sprich doch, oder ich reiße dir die Zunge aus! Wo ist die Burgl?«

Servazius hatte durch diese vielen Fragen Zeit, sich zu sammeln, und er sammelte sich.

»Burgl ist, wo sie hin wollte, ob'n auf der Elendalm,« entgegnete er.

»Hast du sie selbst hinaufgeführt?« fragte die Frau mit unheilverkündender Stimme.

»Ich? nein. Der junge Bursche aus Tegernsee war so gefällig, ihr das Geleit zu geben. Ich bin ihm sehr dankbar, denn ich bin müde geworden.«

»Mensch, bist du verrückt? Du hast das Dirndl fremden Händen anvertraut und noch dazu dem Tegernseeer.«

»O, das ist ein ganz braver Bursche, dem ich selbst dich ohne Sorgen anvertrauen würde,« erwiderte Servazius, doch bei den letzten Worten schoß sein Blick über die vor ihm Stehende hin und ein spöttischer Zug spielte um seinen Mund.

Die Gattin hatte diesen Blick, diesen Zug bemerkt und mit wütender Stimme sagte sie: »Folg' mir Elender, ich will selbst hin zur Alm. Find ich dort nicht alles in Ordnung, dann soll dein Elend angeh'n, drauf verlaß dich, bei Sankt Bonifazius!«

»Geh nur voran,« sagte der Schreiber resolut, »ich folge dir nach. Oben werd ich dir Antwort geben – auch bei Sankt Bonifazius.«

Ohne ihn noch eines Blickes zu würdigen, schritt Frau Ursula den Steig zur Alm hinan. Sie mußte in kurzen Pausen stehen bleiben, sich Luft zufächeln und ihren Atem in richtige Gangart bringen. Servazius folgte stilllächelnd nach, ihm ward der Weg leicht. Dabei legte er sich einen verzweifelten Plan zurecht.

»Heute oder nie!« sagte er sich im stillen und ballte die hagere Faust in der leeren Tasche.

Endlich waren beide an ihrem Ziele angelangt. Die Thüre der Hütte war angelehnt. Rasch trat Ursula in den Kaser ein, aber dieser war leer, die Kammerthüre verschlossen, keine menschliche Seele auf der Elendalm.

Servazius wurde kreideweiß bis in den Mund hinein. Frau Ursulas große Augen rollten wie ein Feuerrad, dann donnerte sie den Erschrockenen an.

»Wo ist die Burgl? Schaff' mir das Mädl her oder es geht dir schlecht! Elender, du warst heut zu nichts nutz, als zum Essen und Trinken!«

»O, das war sehr gut und darauf hat mir die Ruhe so wohl gethan,« entgegnete der arme Servazius.

»Ruhe?« rief die Frau wütend. »Ruhen soll der Mensch nie, wenn er seiner Pflicht nachkommen will. Du aber bist gar kein Mensch wie die andern. Mein erster Mann, Gott hab ihn selig! der nahm sich gar keine Zeit zum Essen und Trinken, aber der war gegen dich auch ein Gelehrter, denn du bist ein Esel.«

»So?« rief Servazius, indem er sein kahles Haupt zurückwarf, »ein Gelehrter, der sich nicht zu denken getraut. Aber ich, den du einen Esel nennst, ich getraue mir zu denken, besonders heute, weil ich mich einmal satt gegessen und getrunken habe.«

»Unerhört! Und das getraust du dich, mir zu sagen?« rief Frau Ursula.

»Ja,« antwortete mit einer an ihm ungewohnten Entschiedenheit der Mann, »ja, denn von nun an bin ich der Herr!«

»Mir steht der Verstand still!« rief Frau Ursula.

»Mir der meinige nicht!« versetzte der Schreiber. »Die Manneswürde laß ich mir von nun an nicht mehr von dir rauben.«

»Schaff mir die Burgl her!« schrie jetzt Ursula mit dem Aufgebote aller ihrer Kräfte, »oder du bist des Todes!«

»Ich fürchte den Tod nicht, seitdem ich in Bayern bin,« antwortete Servazius. »O dürfte ich nicht mehr zurück in das für mich so magere Tirol, das du mir zum Lande ewigen Fastens gemacht hast!«

»Du sprichst wie ein Landesverräter! Mein Pankrazius muß sich noch über dich im Grabe umdrehen.«

»Das wird der Pankrazius wohl bleiben lassen!« antwortete sarkastisch der Schreiber.

»Entsetzlich!« rief Frau Ursula. »Er fürchtet den Pankrazius nicht mehr! Servazius, ich bitte dich, bring mir die Burgl oder ich bring dich um.«

»Das wäre nicht der erste Fall, du Gattenmörderin!«

»Was? Was hast du gesagt?«

»Du hast den Pankrazius verhungern lassen, wie du mich verhungern läßt, den Servazius,« entgegnete dieser. »Du baust dir Hütten in der Klosterküche und dein Gatte soll von deinem Anblicke satt werden oder zu Grunde gehen. Es geht auch jeder zu Grunde und schon heute denkst du vielleicht wieder an einen dritten Azi, den Bonifazi – Aber Ursula –«

»Servazius, der Teufel ist in dich gefahren,« unterbrach ihn seine Ehehälfte wütend.

»Nein, die Rache Gottes, die Rache des Pankratius spricht aus mir!« rief mit Entschiedenheit der fürchterlich werdende Mann. »Deine letzte Stunde hat geschlagen, wenn du jetzt nicht alles thust, was ich will.« Dabei schlang er seine mageren Finger fest um ihre

Hand. »Fühle die Kraft des Bieres und des Weines, die ich in Bayern genossen.«

»Hilfe, Hilfe, er erdrückt mich!« keuchte die dicke Frau.

»Rufe immer zu. Auf dieser Elendalm hört dich niemand; hier oder nie soll mein Elend ein Ende nehmen!«

»Laß mich!« stöhnte Ursula. »Ich will alles thun – o Gott, ich ersticke.«

Servazius holte den in der Ecke stehenden Wassereimer und besprengte seine Gattin mit Wasser. Diese ließ sich erschöpft auf die Bank nieder. Servazius aber zog seine Brieftasche hervor, öffnete sie und reichte seiner Ursula den Bleistift hin.

»Nun schreibe!« gebot er.

»Schreiben soll ich?« seufzte die Frau. »Was soll ich schreiben? Du hast nichts Gutes vor, Servazius. Ich kann nicht schreiben!«

»Du mußt!« befahl der Gatte. »Oder ich sage dir nicht, wo die Burgl ist.«

»O Gott, du weißt, wo sie ist und marterst mich so unbarmherzig? Wo ist sie? Sag mir's, ich beschwöre dich –«

»Schreibe erst, dann sollst du's erfahren.«

»Ich schreibe!« sagte Frau Ursula mit fast gebrochener Stimme.

Servazius diktierte. »Ich Unterzeichnete schwöre hiermit –«

»Nur nicht falsch, Servazius, nur keinen Meineid!« unterbrach sie ihn.

»Hast du geschrieben?« fragte der Gatte.

Ursula schrieb. »Schwöre hiermit –« rekapitulierte sie.

Und Servazius diktierte weiter: »daß Mann und Weib zusammen essen und trinken müssen.«

»Servazius, mir schaudert!« rief Ursula.

»Hast du's geschrieben?«

»Mann und Weib – ach! – zusammen essen und trinken müssen,« las Ursula nach.

»Und ich infolge dieses natürlichen Gesetzes von nun an mit meinem geliebten Gatten alle meine Rechte teilen will, die mir ein glücklicher Zufall durch den Frater Klosterkoch eingeräumt, seien es Speisen oder Getränke.«

»Also das willst du? In Gottesnamen!« rief Ursula. »O Gott, was soll aus mir werden, wenn ich dich dann jeden Tag in einer Verfassung finde, wie heute, du Tyrann!«

»Ein Gelehrter, Ursula!« entgegnete er spöttisch, »denn solche Verfassungen erzeugen große Geister. Bist du fertig?«

»Ja,« hauchte die Frau.

»Dann unterzeichne deinen Namen.«

Sie unterzeichnete.

Servazius nahm die Brieftasche, las das Geschriebene nochmals durch und steckte sie dann zu sich.

»Ich danke und küß d' Hand,« sagte er jetzt galant.

»Wo ist die Burgl?« fragte Ursula, sich erhebend, dringend.

»Die Burgl?« entgegnete Servazius würdevoll, »sie ist in Gottes Hand!«

Einen Augenblick stand Frau Ursula wie versteinert, dann brach der Sturm los.

»Schändlicher, du hast mich betrogen!«

»Ich spreche die Wahrheit.«

»Auch ich will jetzt wahr mit dir sprechen!« schrie die wütende Ursula und ergriff einen Bergstock, der zunächst in der Ecke stand.

Servazius suchte eiligst durch die Thüre ins Freie zu gelangen, da fühlte er sich plötzlich von zwei langen Armen gepackt.

»He, he, langsam!« rief ein alter bärtiger Mann, der ebenso lang und so hager war, wie Servazius. »Glei giebst wieder her, was d' g'stohln hast, oder i dadrossel di.« Dabei drehte er schon empfindlich an dem Halse des Entsetzten.

»Wir haben nichts gestohlen!« mischte sich jetzt Ursula ängstlich ein, denn sie fürchtete, die Prozedur möchte auch auf sie übergehen. »Ich suche die Raueckerin. Unser Mädl haben wir zu ihr heraufg'schickt, wir wollten sie jetzt holen und finden sie nicht mehr. Kannst du uns keine Auskunft geben?«

»Ah so,« entgegnete jetzt der Alte, »ös sads die Eltern von dem junga Dirndl? No schau, dös sehget Enk aa neamad an.«

»Weißt du, wo sie ist?« fragte Ursula.

»Ja, dös woaß i scho. Mit meina Bäurin und 'n Franzl vom obern Rauecker is 's awi in d' Kaiserklaus'n, 's kann netta scho' a Stund her sei'.«

»Gott sei's gedankt!« rief Ursula. »Mann, du erscheinst wir wie ein Engel des Himmels!«

»I!« lachte der baumlange, hagere Mann. »A so a Ehr is an' alt'n Goaßbuam aa no' nit leicht z' teil wor'n. No', mir is 's recht, wenn i dir a so g'fall. Der Kampl da,« fuhr er fort, auf Servazius weisend, der sich eben seine Halsbinde zurecht richtete, »wird mi für koan Engl haltn.«

»Nein,« antwortete rasch Servazius, den alten Geißhüter mit seinen kurzen Kniehösln, der verlumpten Joppe und dem schäbigen Hute von Kopf bis zum Fuße messend, »dein Anzug ist nicht englisch.«

»No', thuat nix,« meinte dieser. »Woaßt, i bin d' Goaßwastl, scho' siebz'g Johr alt und seit i denk, beim Rauecker und aaf da Elendalm. I hüat' 's Vieh und d' Goaß'n; 's is gar so viel schö' herob'n, wenn aa der Wind oft schirfast geht! Tag und Nacht bin i d'Summerszeit im Frei'n draußt, woaßt, da kannst di aba nit z'sammricht'n, wier a Stadtherr, da gnügt mei' Gwanda scho'.«

»Aber da mußt du ja doch oft Zeitlang kriegen,« meinte Frau Ursula. »An was denkst du denn den lieben langen Tag, wenn du so allein bist?«

»Denk'n?« fragte der Geißwastl. »I denk ma nix.«

»Aber der Mensch muß doch alleweil was denken,« entgegnete Frau Ursula.

»Ja woaßt, i bin nit so dumm, wie du, daß i mir alleweil was denk'n muaß,« erwiderte der Alte.

Servazius vergaß das auf ihn gemachte Attentat und lachte aus vollem Halse. Frau Ursula wollte etwas erwidern, fand aber in ihrer Entrüstung keine Worte und hielt es überhaupt unter ihrer Würde, weshalb sie ihren Ärger lieber verschluckte.

Nun war aber keine Zeit mehr zu verlieren, um wieder zur Kaiserklause hinab zu steigen. Sie verabschiedete sich von dem Geißwastl, der über die beiden Gestalten fortwährend kicherte.

»Wie kommen wir am schnellsten hinab?« fragte Ursula noch im Abgehen.

»Awikugeln laß di,« antwortete der Geißwastl; »bist eh kugelrund, da bist unten, eh's d' es vermoanst.«

Servazius lachte wieder und schritt voran. Ursula folgte ihm. Nur wenig wurde gesprochen, denn Ursula ärgerte sich über das fortwährende stille Lächeln ihres Mannes. Als sie in die Nähe der Kaiserklause kamen, begegnete ihnen die Brotkathl.

»No' schau,« rief sie der Schreiberin entgegen, »da bist iatzet. I hon mi halt a bißl vohalten – iatz waar i aba g'richt!«

»Ich brauch dich nicht mehr!« rief Ursula erzürnt. »Geh nur allein mit meiner Indignation.«

»Schön Dank!« entgegnete die freundliche Kathl; »heunt krieg i lauta Guats und Liabs.« Und ein fast noch jugendlicher Juhschrei hallte aus ihrem Munde. Dann wanderte sie vergnügt mit ihrem Bergstock den Almen zu.

Servazius lachte wieder. Ursula wollte vor Wut bersten, doch mußte sie diese für jetzt unterdrücken, denn das erste, was ihr auf dem Festplatze in die Augen fiel, war die so schmerzlich gesuchte Burgl.

V.

Burgl eilte den Ankommenden entgegen und führte sie zu dem Tische hin, wo Mirdei und Franzl saßen und für Speise und Trank schon wieder ausreichend gesorgt war. Dieser Anblick zauberte auch auf Frau Ursulas Angesicht wieder ein freundliches Lächeln und Herr Servazius lächelte glückselig mit. War es der Schreiberin anfangs auch unangenehm, den jungen Tegernseer wieder an Burgls Seite zu finden, so beruhigte sie die Bestätigung, daß der Bursche ein guter Bekannter Mirdeis sei und sich diese mit ihm durch Zeichen aufs beste unterhielt.

Nur zu bald war es für Servazius Abend geworden, noch eher aber für das junge Liebespaar. Doch sollte die Trennung etwas hinausgeschoben werden, indem Franzls Anerbieten, die Gesellschaft eine Strecke zu geleiten, auf Mirdeis Beipflichten angenommen wurde; dieses hauptsächlich darum, weil der bereits ziemlich illuminierte Finanzwächter sich neuerdings an Burgl herandrängte und ihr zum Nachhausegeleite seinen langen Arm anbot, was das Dirndl lachend, aber entschieden ablehnte.

Taumelnd und mit einem Fluche auf Franzl zog er sich zurück. Mirdei aber drängte zum Aufbruch, da sie noch heute mit Burgls Erziehungsmutter alles ordnen und morgen mit Sonnenaufgang wieder auf ihre Alm zurückkehren wollte. Es war auch hohe Zeit, daß der Heimweg angetreten wurde. Die Sonne war im Untergehen begriffen, die Spitzen des Sonnwend- und Schönfeldjoches glühten in rötlichweißem Lichte, über den dunkelgrünen Forsten lag ein violetter Duft. Von allen Seiten hörte man noch das frohe Jauchzen und Jodeln der heimkehrenden Kirchweihgäste. Die Sennerinnen stiegen nach einem froh verlebten Tage wieder vergnügt zu ihrer Alm und die beglückten Burschen sandten ihnen weithin hallende Juhus nach, welche unter vielfachem Echo frohe Erwiderung fanden.

Franzl und Burgl folgten meist Hand in Hand und in süßem Geplauder dem mit Mirdei voranschreitenden Schreibersehepaar. Mit den zärtlichsten Worten hatten sie sich wieder und immer wieder gegenseitig ihre Liebe versichert. Franzl versprach, das Dirndl, sobald es bei Mirdei sei, recht oft zu besuchen und sie dann alsbald als seine Bäuerin auf den oberen Raueckerhof zu führen. Wie lieb und herrlich klang dies alles für die arme Burgl! Sie glaubte, dieses große, unverhoffte Glück hätte gar nicht Raum in ihrem so bescheidenen Herzen, es kam ihr oft vor, als wäre alles nur ein schöner Traum. Aber nein, sie wachte, denn schon fühlte sie den ersten bittern Wermutstropfen in dem krystallhellen Quell ihres ersten Liebesglückes, das nur in Träumen völlig ungetrübt, in Wirklichkeit aber dem Schicksale der Unvollkommenheit alles irdischen Glückes unterworfen ist. Diese erste Bitterkeit war die Trennung von dem Geliebten, die nur allzubald herangenaht war. Als Burgl beim Abschiede die großen dunklen Augen zu ihm aufschlug, sprühte darin ein eigentümliches Feuer, verursacht durch den Widerschein der glühenden Felsenberge, noch mehr aber durch die heilige Flamme der ersten jungfräulichen Liebe.

Lange hörte sie noch seinen hellen, grüßenden Juhschrei. Plötzlich aber war es, als ob dieser Juhschrei gewaltsam abgerissen würde und auf weitere Rufe erfolgte keine Antwort mehr. Tiefe Stille herrschte in dem großen, prächtigen Reviere der Valepp. Eine unerklärliche Angst bemächtigte sich Burgls. Wie eine trübe Ahnung stieg es in ihrer Seele auf und Thränen perlten aus ihren großen Augen, gerade als fühlte sie das unerwartete Verhängnis, welches in diesem Augenblicke über dem Haupte des geliebten Freundes schwebte.

Wir müssen nun den in der Kaiserklause verlassenen Schönecker Bartl wieder aufsuchen. Als dieser nämlich den ihm teils mißgönnten, teils freundlich zugestandenen Platz an dem Tische unserer Bekannten verließ, erging es ihm, wie dem Schreibersehepaar. Die Nachmittagshitze und der Genuß der Getränke machte auch ihn träge und auf dem Wege nach der Erzherzog Johann-Klause, dort wo der Marchbach sich mit der Valepp vereinigt, und der Weg am linken Ufer hoch über dieser und über den Marchgraben führt, suchte er sich ein kühles Plätzchen, um auszuruhen von den heutigen verschiedenartigen Eindrücken auf Körper und Gemüt.

Man würde übrigens irren, wollte man glauben, daß letztere auf das Wiedersehen Mirdeis noch nachhaltig Bezug hatten, denn so sehr ihn dieses Zusammentreffen auch im ersten Augenblick verblüffte, fast rührte, so war sein Herz doch zu verhärtet, als daß es einer nachhaltigen Regung fähig gewesen wäre. Vielmehr griff in demselben jetzt der Groll Platz über den verhaßten Finanzwächter, der ihn in Gegenwart des hübschen Mädchens so schlecht behandelt hatte. Dieses Mädchen stand lebhaft vor seinem Geiste. Er hätte für die freundlichen Worte, mit denen sie sich seiner angenommen, gerne mit ihr die Silberstückeln geteilt, welche er in der Tasche trug. Gerade um dieses Mädchens willen konnte er die Beleidigung des Finanzwächters nicht vergessen.

Er hoffte, der Zufall würde ihm günstig sein, sich an ihm auf irgend eine Weise zu rächen. Er kannte ihn wohl. Der Finanzwächter hatte früher einen anderen Posten und dort war er öfter mit ihm in Kollision gekommen; er wußte auch, daß der Mann des Gesetzes regelmäßig mit einem Rausche nach Hause ging und da hoffte er schon an ihn zu kommen.

Er mußte lange warten, bis die ersten Kirchweihgäste vom Almentanz nach Hause gingen und erst recht lange, bis die letzten an ihm vorüberkamen. Wohl hatte er die zurückkehrenden Schreiberseheleute erkannt, mit denen auch Mirdei ging, aber sein Blick suchte nur das junge Dirndl und haftete dann so ausschließlich an demselben, daß er das Almstummerl gar nicht bemerkte. Er konnte nicht begreifen, warum ihm die Züge des Mädchens so bekannt waren. Das ahnte er nicht, daß es seine eigenen Züge waren, die ihn in Burgls Gesicht so auffallend ansprachen.

Wohl gedachte er auf einen Moment seiner Tochter, um die er sich niemals gekümmert, die er gar nicht kannte, aber diese Gedanken beschworen unangenehme Gewissensbisse und er brachte sie zum Schweigen.

Schon hatten die Berge verglüht und dunkle Schatten breiteten sich darüber, als der erwartete Finanzwächter endlich in der Dämmerung sichtbar wurde. Bartl hatte sich mit einem tüchtigen Knittelstock versehen und trat beim Marchgraben auf den Weg heraus, welchen der Erwartete mit wackeligen Schritten passierte.

Dieser war des Paschers kaum ansichtig, als er seinen Säbel zog und rief: »Lumpenkerl, du bist arretiert, du bist mir einmal durch im Landl drüben, dafür mußt du büßen! Steh oder du bist des Todes!«

Bartl blieb stehen.

»Rühr mi nit an, wenn koa' Unglück g'schehgn soll,« sagte er, aber ehe er sich's versah, verspürte er schon die Klinge des Grenzwächters über seinem Oberarm. Jetzt aber hob Bartl seinen Knittelstock zum Hiebe aus und schlug den Gegner gerade in das Gesicht, so stark, daß ihm das Blut aus Mund und Nase hervorquoll und er der Länge nach zu Boden stürzte. Bartl warf den Knüttel hin und suchte das Weite. –

Franz war auf dem Rückwege begriffen und kam bald darauf unter Juchzen an die Stelle, wo der Finanzwächter in seinem Blute lag. Mitten in dem begonnenen Jauchzen hielt er ein und neigte sich erschrocken zu dem Verunglückten nieder. Er erkannte alsbald, daß derselbe nicht tot, aber während er noch mit sich beratschlagte, was zu thun sei, kamen zwei Kameraden des Niedergeschlagenen, welche ebenfalls vom Almakirta heimkehrten, zur Stelle.

Sie sahen ihren Kameraden im Blute und erkannten den Tegernseeer sogleich wieder als denjenigen, welcher jenen heute beim Schuhplattln zur Erde gesetzt, und trotz Franzens Versicherung, daß er den Verwundeten soeben gefunden und ihm Hilfe bringen wollte, ward er von den Wächtern als Thäter angesehen und für arretiert erklärt.

Diese plötzliche Veränderung seiner Lage konnte Franz nicht gleich fassen; vor wenigen Augenblicken war er noch der glücklichste Mensch auf Gottes Erdboden und jetzt ein Gefangener!

Er schüttelte den zu Boden Liegenden, damit er zu sich komme und seine Unschuld bezeuge. In der That schlug der Verwundete die Augen auf.

»Nicht wahr, der war's, der dich niederg'schlagen hat?« fragte ihn einer seiner Kameraden.

Der Gefragte sah jetzt in das Gesicht des Raueckers, des Burschen, der ihn heute auf dem Tanzplatze so beschämt, des glücklichen Nebenbuhlers, den er haßte, und ohne sich lange zu besinnen, vielleicht auch in seinem halb bewußtlosen Zustande, sagte er: »Ja, der is's – der Bayernsack!«

Kaum waren diese Worte gesprochen, fühlte sich Franzl von den Grenzwächtern gepackt, aber im Nu schleuderte er den einen rechts, den andern links von sich.

»Rühr' mi koaner an, oder i werf enk alle zwoa awi in d' Valepp,« rief er. »Der Lump da hat g'log'n, er hat ja an' Rausch, dessel kennt's do'. I hon mit eam nix mehr z'thoa g'habt, sita dem Schuahplattler. Bei Gott, ös därft's mir's glaabn!«

Die Grenzwächter glaubten ihm aber nicht. Sie hatten ihre Seitengewehre gezogen und erklärten dem Burschen, sie würden ihn zusammenhauen, wenn er nicht sofort gutwillig mit ihnen ginge.

Franz überlegte eben, wie er sich dieser Lage am besten durch die Flucht entziehen könne, da nahten zwei östreichische Gendarmen mit Schießgewehren bewaffnet, welche des Almentanzes wegen an der Grenze zu patrouillieren hatten. Angesichts dieser mußte Franz auf jeden Fluchtversuch verzichten, da sie mit gespanntem Gewehre mit ihm sprachen.

»I geh mit,« sagte er, der Gewalt nachgebend, »morg'n werd's es hör'n, daß i unschuldi bin, wenn der Verwund'te seinen Rausch ausg'schlafen hat.«

So ward er auf demselben Wege, den er vor kaum einer halben Stunde so glücklich zurückgelegt, als Gefangener transportiert. Das Herz pochte ihm, als er durch das Dörfchen kam, wo er von Burgl Abschied genommen. Das Haus, in welchem sie wohnte, lag an der Straße. Er sah Licht in der Stube, sah Burgl nachdenkend, den Kopf auf die Hand gestützt, am offenen Fenster. Als die Eskorte ganz nahe war, blickte das Mädchen erschrocken auf.

»Burgl,« rief ihr der Gefangene zu, »brauchst di nit z' kümmern; i bin unschuldi arretiert. Bal kimm i z'ruck. Pfüat di Gott, liabs Dirndl!«

»Franzl!« schrie das Dirndl, »um Gotts willn, was is gschehgn?«

»'n Grenzwachta hat er daschlag'n,« sagte ein die Eskorte begleitender Bursche.

Burgl verschwand vom Fenster – drinnen in der Stube waren Mirdei und die Erziehungsmutter um die ohnmächtig zu Boden Gesunkene beschäftigt. Servazius aber war der Eskorte nachgeeilt und erfuhr das Nähere über das dem Franzl zur Last gelegte Verbrechen.

Burgls Jammer, welchen auch das stumme Mirdei lebhaft teilte, war grenzenlos. Ach, ihr Glück war gar so kurz!

Franz ward bis Brandenberg eskortiert und mußte dort im Gefängnisse die Nacht verbringen; andern Tages brachte man ihn nach Rattenberg.

Der boshafte Finanzwächter, welcher des andern Tages in der Sache vernommen wurde, blieb um so mehr bei der gestern gemachten Aussage, daß er von dem Bauernburschen niedergeschlagen worden sei, als ihn Burgl weinend und auf den Knieen gebeten hatte, seine Aussage zurückzunehmen. So konnte er sich an dem Dirndl, das ihn verschmähte, und an seinem Nebenbuhler rächen. Seine Wunde war nicht allzu gefährlich und voraussichtlich binnen wenigen Wochen geheilt.

So mußte der arme Franzl sich einer langwierigen Untersuchungshaft unterziehen.

Burgl war fest von seiner Unschuld überzeugt und behauptete stets, daß der Thäter niemand anderes sein könne, als der zerlumpte, bärtige Mann, welcher beim Almakirta in der Kaiserklause mit ihnen am gleichen Tische Platz genommen hatte und dem der Finanzwächter so rücksichtslos begegnet war. Nach der Beschreibung dieses Mannes war es der Stummen alsbald klar, daß Burgl von ihrem eigenen Vater spreche, welcher am gleichen Tage ja auch auf ihrer Sennhütte gewesen, aber sie hütete sich wohl, ihr dies mitzuteilen. Sie hatte jedoch mehreren Personen den Auftrag gegeben, sich nach dem Schönecker Bartl umzusehen, aber niemand konnte ihr Auskunft über ihn geben.

Burgl ging mit Mirdei erst auf die Elendalm und nach dem Abtriebe von derselben auf den Raueckerhof zurück, welcher sich auf dem Ausläufer eines am westlichen Ufer des Tegernsees ansteigenden Berges befindet.

Mirdei war glücklich, nunmehr jemanden um sich zu haben, der ihr nahe stand, und sie gewann das hübsche Mädchen von Tag zu Tag lieber. Burgl arbeitete vom frühen Morgen bis zum späten Abend und wäre nicht die Sorge um Franzl gewesen, sie hätte sich in ihrem Leben noch nie so glücklich gefühlt. Aber die Sorge um den Geliebten beschäftigte sie Tag und Nacht. Sie hatte zwar nur wenige Stunden mit ihm verlebt, aber es war ihr, als hätte sie ihn schon viele Jahre gekannt, und ein Briefchen, welches er ihr aus dem Gefängnisse geschickt und in welchem er sie um Liebe und Treue bat und sie der seinigen versicherte, war ihr das Liebste, was sie auf der Welt besaß.

Noch jemandem hatte Franz aus seiner Haft seine Liebe zu Burgl mitgeteilt, nämlich seinem Vater, dem obern Rauecker, der aber hievon durchaus nicht erbaut war. Auf der ersten Seite des Briefes bat Franz seinen Vater, für ihn eine nicht unbeträchtliche Summe als Kaution beim östreichischen Gerichte hinterlegen zu wollen, damit er auf freiem Fuße prozessiert werde und nach Hause zurückkehren könne, bis über ihn verhandelt würde. Der Ober-Rauecker, ein tüchtiger und stolzer Bauer, welcher wegen der Gefangenschaft und des ungewissen Ausganges des Prozesses seines einzigen Sohnes in großer Kümmernis war und nichts sehnlicher wünschte, als die Rückkehr desselben, beeilte sich, die geforderte Summe teils in barem Gelde, teils in bayerischen Staatspapieren zusammenzurichten und sich ohne Verzug zur Reise nach Rattenberg aufzumachen.

Da nahm er nochmals den Brief seines Sohnes zur Hand und er sah, daß auf der Rückseite desselben ein bis jetzt von ihm unbeachtetes Postskriptum folgenden Inhaltes stand:

»Lieba Vata!

Ich thue dir auch zu wissen, daß ich die Godl von der untern Raueckerin, die Burgl, als meine zukünftige Bäurin ausersehen habe. Eine schönere und bravere Schwiegertochter kannst du dir nicht wünschen. Laß mit dem Mirdei den Verdruß ausgehn, sie ist ein gar braves Leut und die Burgl gilt bei ihr alles. Wenn's auch arm ist, so kriegt's doch von ihrer

Godl eine Aussteuer und wenn's auch nix krieget, so ein richtiges Dirndl macht ein' mit ihrer Lieb schon allein reich genug. Drum mach nur, daß ich bald nach heim komm und schick das Geld zur Kaution oder bring es selbst.

Franzl.«

Der alte Rauecker hatte diese Nachricht mit lauter Stimme gelesen. Sein Erstaunen wuchs von Zeile zu Zeile. Jetzt aber legte er den Brief zusammen und steckte ihn in die Tasche. Das Geldpaket aber nahm er wieder vom Tische weg und versperrte es in seiner Truhe. Dabei rief er unwirsch. »I werd mach'n, daß d' nit so bal hoam kimmst; i stell koa' Kaution und sollt da ganz Winta drüber vogehn – besser, er is ei'gsperrt, als daß er mir solche Dummheiten dahoamt macht! Dös Sakraments Stummerl hat allemal d' Händ im Spiel, wenns a Unglück giebt in mein' Hof! Aba da wird nix draus, daß i a solch landfremds Dirndl als Schwiegertochter annehmet. Liawa bleibt mir der verliabt Bua Jahr und Tag ei'gsperrt, nacha vogenga ihm dengerst dö Faxen!«

Die Kaution wurde also nicht erlegt und folglich blieb Franz gefangen. Der alte Rauecker machte, wenn ihn der Weg am untern Raueckerhof vorüber führte, einen noch weitern Umweg, als dies gewöhnlich schon der Fall war, denn er wollte weder Mirdei, noch weniger aber der Burgl begegnen. Nur in der Kirche blinzelte er verstohlen nach dem Stuhle der unteren Raueckerin, und wenn er die Burgl so andächtig beten sah, dachte er sich: »Die bet' zu unserm Herrgott, daß der Franzl frei wird, aber so lang i die Kaution nit stell, nutzt alles nixi. Sauba is's, dessel is wahr, brav mag's aa sei', aba wie da Franzl schreib'n kann, daß oan dös Dirndl mit ihra Liab alloa' scho' reich machen kann, dazu reicht mei' Verstehstmi nit aus!«

So geschah also von seiner Seite auch nicht die von Franzl gewünschte Annäherung an Mirdei, Franz kam nicht zurück und Burgl blieb allein mit ihrer Sehnsucht und ihrem Kummer. –

Wenn die schönen Tegernseer Berge im Spätherbste sich mit dem ganzen Zauber ihres Farbenreichtums schmückten und die untergehende Sonne das prächtige Grün des Bergsees in flüssiges Gold verwandelte, dann stand Burgl wohl oft auf der »Laabn« des

Raueckerhofes und blickte sinnend hinauf zu den lichten Bergriesen und hinab zu den flutenden Wassern, bis der letzte Glanz verlosch und die Schatten sich ausbreiteten über Berg und See. Sie sah in diesem Spiel der herrlichen Natur ihr eigenes Geschick. Auf das kurze, lichte Glück folgten die dunklen Schatten. Aber sie verzagte nicht.

Wenn von der ehemaligen Benediktiner-Abtei zu Tegernsee herauf die Glocken zum Ave Maria ertönten, da faltete sie mit Andacht die Hände und die Trübsal ihres Herzens wich und machte der Hoffnung Platz, daß Franzls Unschuld doch noch an den Tag kommen und er bald wiederkehren werde, um sich nie mehr von ihr zu trennen. Und dann betete sie noch für jemanden, der ihrem Herzen teuer war, für ihren Vater.

Burgl wußte bis jetzt von ihrem Vater nur, daß er sich in der Welt herumtreibe und sich nicht um sie kümmere. Er war für sie soviel wie tot und betete sie auch täglich für sein Wohl, so war dies eine aus der Kindheit herübergenommene Formel. Doch seit ihrer Anwesenheit auf dem Raueckerhof trat der Gedanke an ihren unglücklichen Vater wieder mehr in den Vordergrund. Mirdei war es, welche dieses veranlaßte.

Auf ihrer Schiefertafel teilte sie dem Mädchen mit, daß ihr Vater am Bartholomäustage auf der Elendalm gewesen, daß sie Boten ausgeschickt habe, ihn suchen zu lassen und daß sie sich seiner annehmen wolle, wenn er gefunden. Seit Burgl das wußte, hoffte sie natürlich von Tag zu Tag auf Nachricht, wo nicht auf die Ankunft des Vaters, und so teilte sie ihre Gedanken zwischen diesem und dem Geliebten, zwischen ihren Wünschen und Hoffnungen.

Freilich schwand ihre Hoffnung wieder mit dem abnehmenden Tage, und je dichter die Nebel sich über den schönen Tegernsee ausbreiteten und die Berge verdeckten, je weniger die Sonnenstrahlen die graue Schichte durchbrechen konnten, desto düsterer ward es auch in ihrem Gemüte. Als endlich die weiße Schneedecke immer tiefer ins Thal herabwuchs und der Schneefall den kürzesten Verbindungsweg nach Tirol, die Valepp, unpassierbar machte, da war ihr das Herz schon recht schwer und heiße Thränen flossen oft über die sonst so frischen jugendlichen Wangen. Dann war es die stumme Godl, welche sie wieder aufzurichten suchte, indem sie zum

Himmel deutete und die Worte auf die Tafel schrieb: »Hoffe und vertraue!«

VI.

Der Schönecker Bartl hatte inzwischen wieder sein gewohntes Leben fortgesetzt. »'s thuat ja eh nimmer der Müah a', daß i mi nomol verkehr!« Damit erstickte er jede Regung seines Innern, wenn eine solche in oft schlaflosen Nächten mit der Erinnerurg an das stumme Mirdei Platz greifen wollte.

Nachdem er den betrunkenen Finanzwächter unweit des Marchgrabens zu Boden geschlagen, war er auf nur ihm bekannten Paschersteigen hinaus zum Innthale geflüchtet. Die Barschaft, welche ihm Mirdei in den Keiler (Joppentasche) gesteckt, befreite ihn ja für die erste Zeit von Nahrungssorgen und nebenbei hoffte er auch wieder ein kleines Schmugglergeschäft zu finden, das ihm erlaubte, sich auf »ehrliche Weise« durchzuschlagen. Wegen der Affaire mit dem Grenzjäger hielt er es für angezeigt, sich einen etwas entfernteren Standpunkt zu wählen und so war es zumeist das Revier um den Wendelstein und Miesing, welches er beim Hinüberschmuggeln von Kleinwaren, meistens Zigarren, benutzte.

Bei Schmugglerbanden, welche bewaffnet oft mit den Grenzwächtern förmlich Krieg führen, beteiligte sich der Schönecker Bartl nicht. Sah er sich von einem Aufseher verfolgt, so flüchtete er, seine Ware im Stich lassend, meistens bequemeren Wegen zu und dachte nur an die Rettung seiner Haut. Mit der herankommenden rauheren Jahreszeit waren die Paschersteige im hohen Gebirge immer schwieriger und seltener zugänglich, je tiefer die weiße Schneedecke von den Spitzen und Schneiten der Berge sich herabsenkte an den Hängen und über die Riffe, Rinnen und Gräben.

Ein langer, anhaltender warmer Regen hatte Anfang Dezember die Schneemassen wieder geschmolzen und die Übergänge mehr oder weniger passierbar gemacht. Diese Gunst der Witterung wollte auch Bartl nicht unbenützt vorüber gehen lassen und deshalb übernahm er auf seiner Kraxe einen Transport Seidenwaren von Landl aus in der Richtung nach Neuhaus. Das Kloaschthal entlang suchte er zwischen der Auerspitz und der Maroldschneid an die Rotwand zu gelangen, um von hier aus nach Geitau abzusteigen. Es war am Tage des heiligen Nikolaus, als er beim Grauen des Morgens seinen Marsch begann. Das Wachthaus an der Grenze hatte er glücklich umgangen und einsam, aber rüstig schritt er zwischen den Felsbergen auf schmalen, schlüpferigen Steigen zwischen dem hohen Miesing und der Rotwand dahin.

Bartl bereute es alsbald, sich in dieser Jahreszeit zwischen die Felsen hineingewagt zu haben, denn hatte der laue Regen auch den Schnee von den hohen Graten und Schneiten genommen, in den Rissen und Rinnen saß er dennoch fest und Bartl hatte oft in der schwierigsten und gefährlichsten Weise die ihm allerdings wohlbekannten Steige zurückzulegen. Schon hatte er, den hohen Miesing umgehend, den Abstieg begonnen, als er auf dem Jägersteige eines ihm gegenüberliegenden Berghanges zwei bayerische Grenzaufseher erblickte.

Diese hatten den Schmuggler im gleichen Momente erspäht und indem sie das Gewehr auf ihn anschlugen, riefen sie ihm ein gebieterisches »Halt!« zu. Dem Bartl kam dies so unerwartet, daß er samt seiner Ware zu Boden fiel, dabei mehrere Fuß hoch den Hang hinabglitt und so den Aufsehern aus den Augen kam. Schnell nahm er ein oben auf der Kraxe liegendes graues Leinentuch und wickelte sich in dasselbe. Die Pascher gebrauchen dies, um vom nackten Felsgestein nicht abzustechen und so das Auge der Verfolger zu täuschen.

»Bartl, bleib und wihrn ma uns!« rief jetzt von unten herauf eine andere Stimme, die er sofort als die eines andern gefährlichen Paschers, Namens Fletzberger, erkannte. Aber Bartl dachte nur mehr an seine persönliche Sicherheit, er ließ die Kraxe im Stich und kroch die Felsenwand entlang, jeden Augenblick anhaltend und horchend. Da erdröhnte ein Schuß. Wie ein rollender Donner hallte es an den Felsenwänden wieder. Es mußte dem andern Pascher gegolten haben. Bartl eilte unaufhaltsam vorwärts, aber das Weiterkommen war über alle Beschreibung anstrengend. – Völlig erschöpft kam er in der verlassenen Wildfeldalpe an. Es dunkelte bereits. So fand er es für geraten, die Nacht hier zuzubringen und sich eine Liegerstatt zu verschaffen. Da Thüre und Läden verschlossen waren, konnte er nur mit vieler Mühe über das Dach, welches er teilweise abdeckte, ins Innere des Kasers gelangen. Im Stalle fand er etwas Streu, und zum Tode ermattet warf er sich auf dieselbe. Zum Glück hatte er noch einen Schluck Branntwein in seiner Flasche. Er war in der schlimmsten Lage. Die wertvollen Seidenwaren hatte er für einen jüdischen Händler über die Grenze zu schwärzen, der ihm dafür hohen Lohn versprach – jetzt war der Lohn und die Ware verloren. Schon gegen vier Uhr nachmittags dunkelte es und eine Stunde später war es stockfinster. Heftige Winde pfiffen um die einsame Alm.

Bartl kroch unter die Streu und duselte so einige Stunden dahin. Plötzlich wurde er durch einen fürchterlichen Schlag aufgeweckt. Entsetzt sprang er auf, er fürchtete, die Grenzjäger hätten ihn entdeckt. Dann aber fühlte er, wie ihm sein Haar zu Berge stand, denn plötzlich fuhr es ihm in den Sinn, daß auf dieser Alm gleich jener im Totengraben unheimliche Gesellen einziehen, wenn die Hütten im Winter verödet und verwunschenen Spukgeistern zum nächtlichen Unwesen überlassen sind. Gar sonderbar gruselnde Geschichten erzählt sich das Volk von dem höllischen Rumor, welcher oft hier herrschen soll. Es sind meistens die Geister jener Sennerinnen, welche einst hier gehaust und nicht zum Nutzen ihrer Dienstherrschaft gewirtschaftet haben sollen.

Der entsetzte Bartl fand seine Lage fürchterlich. Er wollte fort. Er tastete hinaus in den Kaser, stellte den Tisch an den Heuboden und hatte soeben den Kopf durch die Dachluke gesteckt, als er erschrocken zurückprallte. Er hatte an der Sennhütte eine große, schwarze Gestalt erblickt und sich bewegen sehen; seine gereizte Phantasie ließ ihn alles mögliche Unsinnige sehen und wie ein Gedanke durchzitterte es sein bißchen Gehirn, daß heute die »Niklo-Nacht« und da draußen vor der Hütte kein anderer als Knecht Ruprecht seiner warte. Wohl sah er ein, daß an ein Entfliehen nicht mehr zu denken war. Er ließ sich wieder in den Kaser herab und kroch in seine Streu, es war ihm zu Mute wie dem Delincuenten vor der Hinrichtung. Himmel und Hölle kamen ihm in den Sinn, namentlich aber die letztere. Zum Kreuze kriechen hielt er unter den gegebenen Umständen für das einzig Richtige und es mochte wohl schon recht lange her sein, daß er kein Vaterunser mehr gebetet, denn die Sätze kamen ihm, sei es aus Angst, sei es aus Vergessenheit, ganz durch. und ineinander. Während er so betete, hörte er deutlich an der äußeren Wand der blockähnlichen Sennhütte kratzen und scharren.

Der zum Tod geängstigte Bartl verlegte sich jetzt aufs Versprechen. Erst versprach er unserem Herrgott in kleinlicher, nachdem aber das Kratzen anhielt, in nobler Weise alles Mögliche und Unmögliche, Besserung, Geld, Wallfahrten, kurz, was ihm einfiel, er versprach, der Mutter in Maria-Stein aus dem geschwärzten Seidenzeug einen neuen Mantel machen zu lassen, wenn er morgen seine Kraxe wieder bekäme und dieselbe nicht in die Hände der Aufseher geraten sei; von dem Gelde des Juden wollte er den zwölften Teil in Wachslichter nach Birkenstein verloben, dann den sechsten Teil und endlich die Hälfte. Jetzt fiel ihm gar sein Kind, die Burgl, ein. Er schwur heilig, sich derselben anzunehmen und daß es sein erster Gang sein solle, das Mädchen aufzusuchen und sich um seine Erziehung zu kümmern, wenn er überhaupt nur lebendig aus dieser Hütte käme. Das letztere Versprechen mußte gewirkt haben, denn trotz allen Lauschens hörte er nichts mehr. Er legte sein Ohr an den Boden und horchte mit angehaltenem Atem – alles schien ruhig, aber auch seine aufgeregten Nerven schienen sich beruhigt zu haben, denn dem tiefen Atmen nach zu schließen, mußte der Geplagte in Schlaf versunken sein. Wohl schreckte er öfters aus dem Schlafe auf, aber die Müdigkeit verursachte stets, daß er schnell wieder einschlief. Es träumte ihm, er sei ein ordentlicher Mann geworden, der sich seinen Lebensunterhalt durch Arbeit und nicht auf unredliche Weise verdiene. Er sah sich auf dem schönen ererbten Hofe, sah sich dort in einem neuen Anzuge, und die Leute, die ihn sonst verächtlich anblickten, grüßten ihn jetzt freundlich, und an seiner Seite stand ein mit dem Myrtenkranz geschmücktes Weib nahe bei ihm und hatte die Hand in die seine gelegt. Bartl sah ihr ins Gesicht und ein glücklicher Seufzer löste sich aus seiner Brust.

»Mirdei,« sagte er leise, »du bist es? du stehst neb'n dem Verachteten? du hast mir verzieh'n?« Die Traumgestalt blickte ihn freundlich an und nickte mit dem Kopfe.

»Und du hast mir verziehn?« fragte Bartl wieder, »alles verziehn?«

Wieder nickte die Traumgestalt und lächelte. Da hörte man das Läuten vom Kirchturme des nahen Pfarrdorfes und er ging an Mirdeis Seite zum Gotteshause, er ging zur Trauung; er war glücklich, selig, ein fröhlicher Juhschrei löste sich aus seiner Brust – und plötzlich erwachte er. Ach, es war nur ein schöner Traum! Und doch – hörte er nicht das Glöcklein läuten? Was war das? Es währte lange, bis er sich zurecht fand, dann aber war es ihm klar, daß das helle Geläute aus der nahen Valepp kommen müsse und daß es das Morgen-Ave Maria sei, zu welchem das Glöcklein so lieblich einlud. Auch Bartl probierte sein Gebetlein. Da nun endlich der Morgen anbrach, war ihm auch der Mut wieder zurückgekehrt und mit Schrecken gedachte er der vielen Versprechen bezüglich Maria-Stein und Birkenstein. Gar so genau, meinte er, brauche man ein solches Versprechen, das ja doch mehr Erpressung war, nicht zu nehmen.

Jetzt stieg er wieder zur Dachluke hinaus und mit mehr Kourage als gestern nacht steckte er den Kopf hindurch. Aber ein Ausruf des Entsetzens entfuhr auch jetzt seinen Lippen. Bei dem Grauen des Tages sah er alles mit tiefem Schnee bedeckt und ohne Unterlaß schneite es in großen Flocken fort. Auf seinen Schrei bewegte sich etwas an der Sennhütte und in mächtigen Sätzen eilte ein prächtiger Hirsch von dannen, der die Nacht über unter dem vorspringenden Dache, das den Schneefall abgehalten, seine Ruhe gesucht hatte. Er war der mitternächtige Geist gewesen!

Bartl hatte keine Zeit, sich über diese Entdeckung zu freuen, denn der tiefe Schneefall trieb ihn an, sich zu retten. Rasch verließ er die Hütte und schlug den Weg in das Thal der roten Valepp ein. Er versank oft bis über die Mitte des Leibes im Schnee und kam ganz ermattet im Thale an. Aber auch hier war der Schnee schon mehrere Fuß hoch. Wohin sollte er sich wenden? Gegen den Spitzingsee und Neuhaus zu oder zur Kaiserklause. Er wählte das erstere, und so rasch er es vermochte, stieg er das enge Thal hinauf, aber bald war es ihm unmöglich, weiter zu waten. Die Schneemasse war fürchterlich. Er kehrte um und wollte zur Kaiserklause hinab, um von hier ins Innthal zu gelangen. Von Minute zu Minute wurde das Weiterkommen schwieriger. An der engen Klamm, wo die rote Valepp sich mit der weißen verbunden, war das Durchkommen fast schon eine Unmöglichkeit. Bartl arbeitete sich endlich auch hier durch und völlig erschöpft kam er in der Valepp an, wo die wenigen Ansiedler mit Schrecken den Schnee von ihren Häusern wegschaufelten, der so plötzlich und wider alle Erwartung in solch kolossaler Masse gefallen war.

Bartl begab sich natürlich sofort über die Brücke zu dem Forsthause, welches, wie wir wissen, zugleich Wirtshaus ist. Der Oberförster, welcher vor seinem Hause stand, empfing den Ankommenden mit den gerechtesten Vorwürfen und fragte ihn, wie er bei solchem Wetter in die Valepp kommen könne und was er überhaupt hier wolle.

Bartl log dem aufgebrachten Manne irgend etwas vor, aber dieser roch sogleich den Braten. Er merkte, daß er einen Pascher vor sich habe, den die Grenzjäger verjagt und der über das Gebirge flüchten wollte, aber vom Schneefall überrascht wurde und nun in der Valepp mit allen andern Insassen gefangen sitze, bis der Schnee wieder auf irgend eine Weise beseitigt würde.

»Du alter Lump,« sagte der Oberförster, »was fang ich jetzt mit dir an, wenn wir einige Monate eingeschneit bleiben?«

Bartl wurde kreideweiß.

»Was? Eingschneit? Auf etli Monat? Gnad'n Herr Oberförster, dös waar wohl no' dös Schrecklichst. Sollt's aber sein, so reichn ma uns d' Hand, daß ma 's schwaar Schicksal mit anander trag'n und z'sammhalt'n im Unglück.«

Dabei wollte er dem Oberförster die Hand reichen. Dieser war aber nicht aufgelegt, mit dem Schlemmer einen Pakt abzuschließen.

»Aussehn thust nicht, als ob du ein Handwerk könntest,« sagte jetzt der Oberförster. »Ein groß's Unglück wär's grad auch nicht g'wesen, wennst aus dem tiefen Schnee heut nimmer rauskönna hättst. Ich mein, die Menschheit hätt's verschmerzt. Aber mach dich g'faßt, du kriegst saure Tage in der Valepp und du sollst dran denken zeitlebens. Wenn ich dich nur so anschau, du schmieriger Kittel, so juckt's mich völlig, d' Hundspeitschen tanzen z' lassen.«

»Was?« rief Bartl, der sich in seiner Menschenwürde verletzt sah, als der Oberförster so wegwerfend von ihm und mit ihm sprach. »Hörn's, Gnad'n Herr Oberförster, dös ist ja dengerscht koa' Benehmen geg'n unserein, an' Tiroler, an' Unterthan vom Kaiser z' Wean. Ja was moant's denn, wird der Kaiser von Östreich dazua sag'n?«

»Der ließ dir höchstens fünfundzwanzig hinaufpelzen,« meinte der Oberförster. »Ich will dir was sagen,« fuhr er fort, »dazu braucht man kein' Kaiser. Dahier bin ich jetzt Herr und Kaiser, und ich werd dir's rechtzeitig zeig'n, daß ich die G'walt in der Hand hab. Weilst aber jetzt zu unserm aufrichtigen Leid einmal da bist, alter Lump, so sollst sofort an d' Arbeit. Da nimm d' Schaufel und hilf den andern Schnee schaufeln.«

»Was?« fragte Bartl überrascht, »i soll Schnee schaufeln – i? Verlaubens, Herr Oberförster, i bin koa' Taglöhner, i kaaf ma iatz a Glasl Wein und mach, daß i nacha dengerscht viellei außi kimm über d' Johannklausen nach Brandenberg. In meina Schreibtasch'n hon i scho' no' an etli Guldenzettel!« – Er suchte nach der Tasche – aber welch Verhängnis! sie war nirgends zu finden. Jetzt fiel es ihm zu seinem Entsetzen ein, daß er die Schreibtasche, worin sich auch mehrere Schriften befanden, nebst einigen Kleidungsstücken in der Kraxe aufbewahrt hatte, welche er gestern im Stiche gelassen. Diese Entdeckung war ihm um so mehr peinlich, als ihm schon mehrere Male der Gedanke kam, der gleich ihm versprengte Fletzberger könne die Kraxe und nun auch sein Geld sich angeeignet haben. Ein Fluch drang aus seinem Munde. Dann aber faßte er sich und griff in die Hosentasche. Einen alten beschmutzten Geldbeutel hervornehmend, sagte er. »Da hon i dengerscht no' fünf Zehrerl im Beutel, i muaß mei' Letzts aufwend'n zu meiner leiblichen Wohlfahrt. I bin ganz dadatert vor Kält, also laßt's mi eini, in die warm' Stub'n – i bin a Gast.«

In diesem Augenblicke rief der Forstgehilfe den Oberförster ab und dieser eilte, ohne des Schlemmers nochmals zu gedenken, eiligst fort. Bartl aber begab sich in die warme Gaststube und ließ sich »einen roten Tiroler« geben. Bald waren die fünf Zehnerl vertrunken und der Bartl machte sich auf den Weg gegen Brandenberg zu. Niemand achtete seiner. Er kam nicht weit; schon in der Nähe der Kaiserklause, wo sich das Thal wieder verengt, sah er ein, daß ein Hinauskommen aus dieser Falle heute nicht mehr möglich sei und so kehrte er in ziemlich gedrückter Stimmung zurück in das Försterhaus in der Valepp, wo die Leute noch fortwährend Schnee schaufelten. Der Schneefall schien gar nicht mehr enden zu wollen. Man sah von der ganzen Gegend ringsumher nichts, nur dichte

Schneeflocken wirbelten ohne Unterbrechung in außerordentlicher Menge hernieder.

Die Arbeiter kamen soeben zum Mittagsbrot herbei, das sie in der warmen Wirtsstube des Forsthauses zu sich nahmen. Bartl kam zur Thüre herein, als die dampfende Schüssel auf den Tisch gestellt wurde. Ein gewaltiger Appetit regte sich in ihm; außer dem Weine hatte er seit einem ganzen Tage nichts genossen. Er nahte sich dem Tische und mit etwas frech gutmütigem Tone fragte er: »Is 's erlaubt, mitz'essn?«

»Nein!« rief hinter ihm eine strenge Stimme. Der Oberförster war eben eingetreten und sah Bartls Beginnen. »Hast du Geld, so wird dir die Wirtschafterin bringen, was zu haben ist, hast du aber kein Geld, so kriegst auch nichts, bis du dir so viel verdient hast, daß du dein Essen bezahlen kannst. Du kannst Holz machen und wirst dann nach dem Ster bezahlt oder du kannst Schnee schaufeln. Vordersamst hast die Wahl.«

»Gnad'n Herr Oberförster,« stammelte Bartl, »ös werd's dengerscht an' Unterthanen vom östreichischen Kaiser nit zuamuat'n woll'n, daß er an' boarischen Taglöhner macht. Überhaupt bin i heunt scho' ganz matt und schlafri, i muaß mi a weng aufs Heu leg'n.«

»In d' Streuschupfen kannst dich 'nauslegen,« sagte der Oberförster, »aber weder zu essen noch zu trinken kriegst ohne Geld. Verstanden? So, und jetzt probier's, wie lang du 's aushaltst.«.

»I bin a Mensch,« sagte Bartl, »und – sorgt unser Herrgott für die Spatzen auf 'm Dach und die Würmer in der Erd', so wird er aa für unseroan, für »Einen Menschen«,« setzte er hochdeutsch hinzu, »sorgen. Ja, wer mi daschaffen hat, der soll mi aa danihrn! I kann nit arbeiten und mit fufz'g Jahr lernt ma 's aa nimmer, folglich is 's schlechterdings a Schuldigkeit, daß unser Herrgott, wenn i da eingschneit bin und durchs Paschen nix vodean, für mi sorgt. Iatz geh i in d' Streuschupfen und steh nit ehnder auf, bis i was z' essen kriagt hon.«

Und er ging.

Der Oberförster lächelte ihm nach.

»Wart nur, Vogel,« sagte er, »du pfeifst morgen schon, wie ich's haben will.«

Bartl hatte sich in die Waldstreu eingegraben und wartete hier auf baldige Erlösung. Die Nacht war bald hereingebrochen und er schlief mit hungrigem Magen sehr gut. Beim Erwachen bemerkte er aber sehr unangenehm daß vom Himmel wirklich keine gebratenen Tauben für ihn herabgefallen seien. Das Glöcklein, welches gestern auf die Wildfeldalpe so freundlich hinaufgeklungen, tönte jetzt in seiner unmittelbaren Nähe. Er hoffte jeden Augenblick, daß sich jemand mit einer Frühsuppe nähern werde, aber vergebens; es ward Mittag, und noch niemand hatte etwas gebracht. Nach zwölf Uhr kam der Oberförster.

»Nun, wirst d' jetzt arbeiten, Hallunk?« fragte er.

»Der Hallunk will nit!« entgegnete der Eigensinnige.

»So kriegst auch nichts z' essen,« sagte der Oberförster und schlug die Thüre hinter sich zu.

Wieder ward es Nacht. Dem Bartl ward es allmählich nicht mehr geheuer.

»I kann's nit glaaben, daß mi unsa Herrgott verhungern laßt,« sprach er für sich hin. »I bin amal zur Arbet nit gebor'n und nit erzog'n. I kann als Mensch von mein' Schöpfer volanga, daß er für sei' G'schöpf sorgt und andernfalls soll er 's mit 'n Schnee a so richt'n, daß i morg'n außi und danni komm von dene Leutschinder.«

Die Nacht verging ihm sehr unruhig. Der Hunger quälte ihn schon sehr; er aß im Traume fortwährend, ohne gesättigt zu werden, und erwachte er, so war alles Trug. Wieder läutete das Glöcklein so hell in seiner Nähe, als es Morgen wurde. Bartl fühlte sich schon sehr schwach. Er wußte nicht, was er von unserm Herrgott denken sollte und sinnierte so vor sich hin bis zum Mittagläuten.

Da hielt er es nicht mehr länger aus. Er sprang auf und sagte mit bitterem Tone und einen vorwurfsvollen Blick gegen den Himmel werfend: »Schau, dös hätt' i dengerscht nit von unserm Herrgott glaabt – wirkli lasset er mi dahungern!« Er sprach dieses unter ganz eigentümlichem Kopfschütteln.

Jetzt öffnete sich die Thüre und der Oberförster erschien wieder, wie gestern, in derselben. Nur trug er heute etwas in der Hand, was einer Hundspeitsche ganz verzweifelt ähnlich sah.

»Jetzt frag' ich dich zum letztenmal, willst gleich arbeiten oder nicht?« rief er Bartl zu.

»Gnad'n Herr Oberförster,« entgegnete dieser, »da Gscheita giebt nach – i will arbet'n, aba z'erst muaß i was z' essen und z' trinken kriegen, damit i wieda zu Kraft kimm und nacha waar mir halt a sitzende Arbet die liabste.«

»So?« antwortete der Oberförster. »Eine liegende wäre dir vielleicht noch lieber. Aber darum handelt es sich nicht, was dir lieber ist. Komm jetzt und ich werde dir sagen, was du zu thun hast.«

Der Oberförster verließ, vor sich hinlächelnd, die Streuschupfe; Bartl trottete hinter ihm drein. Am Forsthause angekommen, gab er ihm eine Schneeschaufel und bezeichnete ihm einen Fleck, welcher von dem wenigstens sechs Schuh hohen Schnee freigemacht werden mußte.

»Mit der Arbeit kannst du fertig werden, bis es Nacht wird,« sprach der Oberförster. »Sieh halt zu, wie sich's mit hungrigem Magen arbeitet. Ich hab dir nicht geschafft, zu faulenzen und nichts zu verdienen. Bist du fertig, so erhältst du eine warme Suppe und ein Seidel Bier. Also frisch angefaßt!«

Bartl nahm die Schaufel mit einem verzweiflungsvollen Blick in die Hand und begann seine Arbeit. Der Förster sah ihm lange zu. Anfangs ging es sehr ungleich. Bartl stöhnte und seufzte, schlug die Arme übereinander, um die Hände zu erwärmen, denn es war sehr kalt, und blickte hier und da zum blauen Himmel hinauf, als wollte er sagen. »So weit hast es jetzt mit mir bracht, so tief hab i sinken müass'n, daß i als Schneeschaufler arbeten muaß, wie a g'meiner Mensch!« Aber es half nichts mehr. Sein Magen trieb ihn zur Eile an und nach und nach schaufelte er in gleichmäßigem Takt und sah mit Wohlgefallen, daß der Fleck immer kleiner wurde.

Auch der Oberförster, welcher ab und zu ging, sah dies und er glaubte, daß er dem Halbverhungerten jetzt ein wenig beistehen dürfe; deshalb rief er Bartl in das Haus und ließ ihm heißen Kaffee und ein Stück Brot geben. Bartl war von diesem Anblick tief gerührt. Unwillkürlich nahm er seine Mütze ab und that, als ob er ein Tischgebet verrichte, dann aber verschlang er das Dargereichte mit nie geahntem Wohlbehagen. Leider war er damit zu bald fertig.

»Wenn du mit deiner Arbeit ganz fertig bist, kriegst wieder etwas,« sagte der Förster.

Bartl stand auf, ohne ein Wort weiter zu verlieren, und eilte aus der Stube zu seiner Arbeit. Jetzt ging es schon besser von statten und nach einigen Stunden war er mit der Aufgabe zu Ende. Wie schmeckte ihm jetzt die Suppe und das Seidel Bier!

An ein Fortgehen aus der Valepp war nicht zu denken; die Wege nach Nord und Süd waren vollständig verschneit. Die anwesenden Holzarbeiter erklärten dem Bartl auf seine Frage, daß sie darauf gefaßt seien, drei Monate hier eingeschneit zu bleiben. Dem Bartl glich das wie ein Todesurteil. Drei Monate gefangen, drei Monate arbeiten!

»Dös halt i nit aus!« rief er.

Aber andern Tages in aller Frühe sah man ihn schon wieder Schnee schaufeln. Es mußte die Strecke zur Kaiserklause, wo gewaltige Massen von Holz aufgespeichert lagen, vom Schnee freigemacht werden, damit die Holzarbeiter dort wieder ihre Arbeit beginnen konnten. An dem frohen Mute der übrigen Arbeiter konnte sich Bartl ein gutes Beispiel nehmen. Sie sangen und pfiffen und häufig löste sich ein Juhschrei aus ihrer Brust. Bartl bekam bei jeder Mahlzeit sein Essen und wußte selbst nicht, wie es kam: nach wenigen Tagen war er mit seinem Schicksale ganz ausgesöhnt. Er wurde jetzt beim Holzmachen verwendet und bekam für Verarbeitung jeder Klafter seine Taxe. Er konnte das, was er verdiente, bald nicht mehr verzehren, denn der Oberförster ließ ihm nicht mehr geben, als er durchaus nötig hatte. Dasjenige Geld, was dann übrig blieb, wurde für Bartl in eine Sparbüchse gelegt, damit er, sobald die Passage wieder frei, nicht als Bettler fort müsse.

Am Sonntag war Gottesdienst im kleinen Kirchlein, Frau und Tochter des Oberförsters sangen zu der Orgel, die er spielte. Am Altare waren sämtliche Lichter angezündet; und stand auch kein Priester an demselben, es war doch so weihevoll und zur Andacht stimmend, daß Bartl gar nicht wußte, wie ihm geschah. Es war ihm, als schmelze eine starke Eiskruste, die sein Herz umschloß, nach und nach ab, als dringe wohlthuender, erwärmender Sonnenstrahl hinein in den sonst so kalten Raum. Nach dem Gesange las der Oberförster das Evangelium vor und dann wurden von den Anwesenden einige Vaterunser laut gebetet.

Dem Bartl war eigentümlich zu Mute. Am Nachmittage sah man ihn schon zeitig wieder in das Kirchlein treten und in der hintersten Bank lange verweilen. Am nächsten Morgen war er der erste auf dem Arbeitsplatze. Eine gewisse Heiterkeit zeigte sich in seinem Gesichte und wenn er des Mittags zum Essen ging, konnte man ihn vergnügt pfeifen hören. Der Oberförster bemerkte mit Vergnügen die Änderung, welche mit dem Pascher vorgegangen war. Er sagte oft zu den Seinigen: »Das probateste Mittel, Geist und Körper wieder gesund zu machen, bleibt halt doch immer die Arbeit!«

Rasch vergingen jetzt dem Bartl die Tage und Wochen. Weihnachten war herangekommen. Die Freude, welche am heiligen Christabend die ganze christliche Welt erfüllt, trieb auch in dem von allem Verkehr abgeschlossenen und von hohen, schneebedeckten Bergen umgebenen Örtchen in der Valepp ihre Blüten. Auch in dem einsamen Forsthause jubelten heute frohe Herzen um den hellerleuchteten, mit goldenen und silbernen Nüssen geschmückten Baum. Sämtliche Arbeiter wurden vom Oberförster eingeladen, die kleine Christbescherung mit anzusehen und jeder erhielt irgend eine Kleinigkeit.

Bartl, welcher zum erstenmal so etwas sah, konnte sich an dem hellstrahlenden Christbaum kaum satt sehen und als ihm die Frau Oberförsterin ein Paket mit warmen Socken und einiger Wäsche nebst etwas Süßigkeiten überreichte, rannen ihm die Thränen über die Wangen herab. Ein Streifen Papier lag auf seinem Geschenke, darauf standen die Worte: »Arbeit ist des Lebens Würze.«

Warum mußte Bartl heute immer an sein Kind, an seine Burgl denken?

»Wenn's iatz bei mir waar!« sagte er zu sich selbst. »Mei' Burgl soll sich nimmer schaama müass'n über ihren Vodan. I kann iatz arbeten und nur für mei' Burgl will i von nun an sorg'n.«

Nach der Bescherung wurde in dem Kirchlein die Christmette abgehalten, das heißt, es wurde dort ein schönes Weihnachtslied gesungen, in welches alle Anwesenden mit einstimmten. Hell war das Kirchlein beleuchtet und auf dem Altare stand ein allerliebstes Christkindl mit krausem Haar und goldenen Kleidern, die goldene Erdkugel in der Hand haltend. Über demselben waren zwei Engel angebracht, welche ein weißes Band hielten, auf welchem mit großen goldenen Buchstaben die Worte standen. »Ehre sei Gott in der Höhe und Friede den Menschen auf Erden, die eines guten Willens sind.«

Bartl fühlte sich eigentümlich bewegt. Es war ihm, als riefen ihm die Engel selbst diesen schönen Spruch zu. Ein heftiger Thränenstrom ergoß sich aus seinen Augen; es waren die ersten Thränen nach langen, langen Jahren. Er ließ sie fließen und dieser Erguß that ihm unendlich wohl.

Der Mond schien zum Fenster herein, am Himmel flimmerten Millionen Sterne, und die vom Mond beschienenen Spitzen des Sonnwendjoches und des Schinders schienen neugierig herabzublicken in das stille Gebirgsthal und zu dem erleuchteten Kirchlein, aus welchem die Jubeltöne freudiger Christen zu ihnen emporhallten, von unsichtbaren Engeln weitergetragen bis hin zu den Sternen, wo sie sich mit den Gesängen von Millionen andern Stimmen auf dem ganzen Erdenrunde vereinigten in dem Gesange: »Ehre sei Gott in der Höhe und Friede den Menschen auf Erden, die eines guten Willens sind.«

VII.

An diesem Abend saßen am untern Raueckerhof, nachdem alles
spiegelblank gescheuert und für die Christtage zurecht gerichtet
war, das stumme Mirdei und die Burgl zusammen an dem großen
Ecktisch in der warmen Stube und Burgl betrachtete anscheinend
mit großer Freude die vor ihr liegenden Kleidungsstücke, die sil-
berne Halskette und das schöne Geschnür mit alter Schaumünzen.
Das Dirndl wurde nicht satt, ihrer Wohlthäterin mit den herzlichs-
ten Worten zu danken, und Mirdei war ganz selig, daß es ihr, wie
sie meinte, möglich war, dem Mädchen eine solche Freude zu machen und ihr auf Augenblicke den tiefen Herzenskummer zu ver-
scheuchen, den Burgl über Franzens Schicksal hatte. – In ihrem
Leben hatte das Mädchen noch keinen solchen Christabend mit so
reichlicher Bescherung gehabt, aber halt die Hauptsache fehlte – der
Franzl! Er ward erst vor wenigen Wochen abgeurteilt, der Körper-
verletzung an dem Finanzwächter für schuldig befunden und mit
einem Jahre Kerker bestraft. Nach seiner Verurteilung hatte er
nochmals an Burgl geschrieben und sie getröstet; er versicherte ihr
nochmals heilig, daß er an dem ihm zur Last gelegten Verbrechen
ganz unschuldig sei und er hoffe, daß sein Vater auf dem Wege der
Begnadigung für ihn eine Abkürzung der Strafzeit erwirken werde,
nachdem er ihm seine erste Bitte über die Erstellung einer Kaution
behufs seiner freien Prozessierung unerfüllt gelassen.

Burgl wußte wohl die Ursache von des alten R aueckers Harther-
zigkeit. Dieser hatte es einmal dem Geißwastl am Heimwege von
der Kirche absichtlich mitgeteilt, damit Burgl über des Alten Gesin-
nung nicht im unklaren sei, und der »Geißbua« rapportierte alles
gewissenhaft wieder.

So hatte Burgl Ursache genug, oft recht traurig zu sein; dann aber
nahm sie regelmäßig Franzens Briefe aus ihrem Mieder, und es war
ihr, als gewährte ihr das Lesen derselben eine süße Beruhigung und
als ob frische Hoffnung und neuer Mut in ihr Herz einzögen. Auch
jetzt, angesichts der reichlichen Weihnachtsgeschenke, zog sie jene
Schreiben wieder hervor und las sie mit einer Art Andacht vom
Anfang bis zum Ende.

Das stumme Mirdei ahnte wohl den Gedankengang des Mädchens, sie streichelte ihm Haar und Wangen und holte dann die Zither herbei, Burgl einladend, etwas zu spielen und zu singen.

»Das lindert den Schmerz und erhebt das Herz!« sagte sie ihr durch Zeichen und Burgl konnte Mirdeis Wunsch nicht widerstehen. Schon oft hatte sie der Stummen an den Feierabenden vorspielen und vorsingen müssen, auch heute konnte sie es nicht verweigern und war sie in ihren Gedanken bei Franzl, so sollten auch ihre Töne ihm geweiht sein, indem sie das Lied sang, welches ihr Franz auf der Elendalm zuerst zugesungen:

> »I woaß 's nit und i woaß 's nit,
> Was 's heunt mit mir is!«

Mirdei lauschte den sanften Tönen mit Andacht. Ach, so hatte auch ihr einstens der Liebste vorgesungen! Wo wird er sich heute aufhalten? Wird er frieren, hungern? Wenn er doch noch einmal käme! Der Anblick seines Kindes würde ihn vielleicht bessern. Zeigte er denn nicht schon, daß er sanfterer Regungen noch fähig? Die Szene auf der Elendalm schwebte ihr fortwährend vor den Augen. Wieviel der Entschuldigung fand sie für Bartl! Er war ja auch das Opfer seiner habsüchtigen Eltern, die ihn gezwungen, sie, das treue, arme Dirndl zu verlassen und ein Weib zu nehmen, das er nicht liebte. So arbeitete sie sich in ihren Gedanken den so tief gesunkenen Bartl wieder heraus und suchte ihn wieder dem einstigen, so geliebten Manne näher zu bringen.

Weihnachten und Neujahr waren vorüber, doch die Gedanken, Hoffnungen und Wünsche der beiden Frauen blieben stets dieselben; sie beschäftigten sie am Tage und während der Arbeit und besonders des Abends, wenn sie an dem schnurrenden Rade saßen und um die Wette zu spinnen schienen. Außer ihren beiden Rädern schnurrten noch zwei, eines, welches die alte Hoamdirn und das andere, welches der Geißwastl trieb, der es sich nicht nehmen ließ, mit seinen alten Füßen das Rad zu drehen, während er seinen gekrümmten Rücken möglichst nahe an den großen grünen Kachelofen drückte. Ermüdete ihn das Spinnen, so nahm er das Spanmesser zur Hand und schnitt aus dem getrockneten Fichtenholze »Spo'spreißl« (Späne). Sein Sprachorgan setzte er sehr wenig in

Bewegung, man hörte ihn nur in kurzen Zwischenräumen seufzend aber mechanisch: »Jo, jo!« oder »Aa so!« rufen; wenn aber Burgl zu singen begann, dann brummte er auch mit, gleich einer schlaffen Baßsaite, und wenn es ihm so recht gefiel, schlug er mit der flachen Hand auf seinen dürren Schenkel und verzog sein altes Gesicht zu einem eigentümlichen Lächeln. Dann dachte er doch etwas, so sehr er sich auch Frau Ursula gegenüber vor dem Denken verwahrte; denn gewisse Erinnerungen tauchten in seinem Gehirn auf, der arme alte Geißbua dachte an den armen jungen Geißbuam und sein Lächeln zeigte, daß er halt doch auch seine schöne Erinnerung an die Jugendzeit hatte, so einförmig sie ihm auch verflossen sein mochte, und nicht umsonst fiel ihm dann das Schnadahüpfl ein.

> »Auf der Alm' is a Leb'n,
> 'S kann koa freiers nit geb'n,
> Und ma' nimmt, was ma' find't
> Auf der Alm giebt's koa' Sünd'!«

Sonst waren seine Gedanken nur im Stall und beim Tegernseeer Viehmarkt, der im Frühjahr abgehalten wird und wozu auch vom Unter-Raueckerhof alljährlich mehrere Prachtexemplare von Kalben durch ihn getrieben und verkauft wurden, wobei immer einiges Trinkgeld für ihn abfiel. –

Langsam für ihre Sehnsucht nach dem Geliebten und doch wieder schnell für die rastlos thätige Burgl waren ihr die traurigen Wintermonate hinübergegangen. Heftige Regengüsse und laue Winde schmelzten den Schnee von den Bergen, die verschneiten Holzwege wurden wieder passierbar und der Weg durch die Valepp öffnete sich wieder dem Verkehre mit Tirol. Burgl glaubte sich dadurch dem in Rattenberg gefangenen Franzl wieder näher gerückt und lebhaft beschäftigte sie sich mit dem Gedanken, ihn aufzusuchen und ihm mit ihrer Liebe zugleich Trost und Mut zu bringen, daß er die schlimme Zeit seiner Haft noch gottergeben überdauere. Nach dem Markte in Tegernsee sollte dies ausgeführt werden. Mirdei gab hierzu nicht nur gerne ihre Einwilligung, sondern erbot sich, selbst die Reise mitzumachen, nicht erst durch die noch immerhin schwer passierbare Valepp, sondern mittels der Eisenbahn, wobei sie schneller und bequemer ihr Ziel erreichen konnten.

Alles war zur Reise hergerichtet. Der Tegernseeer Viehmarkt war heute und der Geißwastl hatte vier der schönsten Stücke hin zu treiben, wobei ihm Mirdei und Burgl behilflich waren.

Als sie in Egern am Friedhofe vorüberkamen, sahen sie, wie von einigen Männern gerade von einem mit Ochsen bespannten Wagen ein aus ungehobelten Brettern bestehender Sarg herabgenommen und zur Totenkapelle, oder zum sogenannten Beinhaus, getragen wurde. Viele Leute blieben stehen und fragten, wer hier so armselig ohne allen Sang und Klang begraben würde. Nur der Eigentümer des Ochsenfuhrwerkes konnte Auskunft geben. Er erzählte, daß die Leiche von Holzarbeitern in der Valepp, in der Nähe des Neualpenthales, gestern gefunden worden sei, und nach den Papieren, welche in seiner mit schweren Seidenstoffen beladenen Kraxe sich vorgefunden, sei der Verunglückte ein Pascher von einem nahen, tirolischen Grenzorte, der zu Anfang Dezember ins bayerische herüber schwärzen wollte, von Grenzaufsehern aber durch einen Schuß verwundet und verschlagen worden sei. Wahrscheinlich konnte er sich bei dem plötzlich eingetretenen großartigen Schneefall nicht mehr weiter schleppen und sei am Wege erfroren.

»Der Herr gieb eam die ewi Ruah!« sagten die Leute und gingen kopfschüttelnd von dannen. Andere fragten, ob denn kein Pfarrer den Verunglückten beerdige.

»Mit dem macht ma nit viel Umständ!« lautete die Antwort.

»Wie hoaßt denn nacha der Kampl?« fragte der Geißwastl den Fuhrmann.

»I moan, 'n Schönecker Bartl ham s' 'n g'nennt,« erwiderte der Gefragte; »von mir aus, i hon mei' Fuhrlohn kriegt und mach, daß i hoam kimm!«

Damit fuhr er mit dem Wagen weiter. Auch die Leute hatten sich entfernt bis auf zwei Frauen, welche wie angebannt stehen blieben. Es waren Mirdei und Burgl. Beide waren kreideweiß.

»Mei' Voda! Mei' arma Voda!« rief Burgl und Thränen stürzten aus ihren Augen. Mirdei hielt ihr den Mund zu und gab ihr durch Zeichen zu verstehen, sie solle sich nicht verraten. Aber Burgl riß sich los und eilte dem Sarge nach. Mirdei folgte ihr. Mit Thränen in den Augen und ihrer selbst kaum mächtig, hatte sie das Dirndl

eingeholt, als es sich soeben vor dem niedergestellten Sarge nieder-
warf. Burgl ward durch die plötzliche Unglückskunde und das
traurige Geschick ihres Vaters so ergriffen, daß sie an dessen Sarg in
fast krampfhafter Weise schluchzte. Die Träger des Sarges konnten
sich nicht erklären, in welchem Zusammenhange das schön gekleidete Mädchen und die Godl der Raueckerin zu dem Verunglückten
stünde. Nur der Geißwastl wußte es und er stillte auch die Neugierde der Männer, indem er sagte: »Mei', dem Dirndl sei' Voda is
aa erfrorn und so hat's halt Bedauernis mit an' iäd'n, den a solches
Unglück betrifft.«

Das war den Leuten begreiflich und mit Bedauern blickten sie
nach der weinenden Burgl. Mirdei lohnte es dem Geißbuben durch
einen dankbaren Blick.

Im hintersten Winkel nahe der Mauer wurde ein Grab gegraben,
in welches ohne jede kirchliche Feier der Sarg gesenkt werden sollte. Mirdei nahm jetzt Burgl unterm Arm, schlug mit ihr den Weg
zum Pfarrhause ein und schrieb dort auf ein Papier, daß sie für den
Verunglückten eine kirchliche Beerdigung und eine stille Messe
wünsche und hiefür die Kosten bestreite.

Der Pfarrer erriet sogleich den Zusammenhang. Er wußte vielleicht allein in der Gegend von Mirdeis einstigem Schicksal und als
ihm diese vertraute, daß Burgl die Tochter des Verunglückten sei,
suchte er das Mädchen in herzgewinnender Weise zu trösten, riet
ihr aber, dieses Geheimnis gegen andere zu bewahren, da ja niemand zu wissen brauche, daß sie die Tochter des verunglückten
Paschers sei.

Sobald das Grab fertig, nahm der Pfarrer die Einsegnung und Beerdigung der Leiche vor. Die Glocken läuteten vom Turme und fast
aus jedem Hause kamen Leute, um aus christlicher Barmherzigkeit
dem Verunglückten das letzte Geleite zu geben. Mirdei und Burgl
folgten dem Sarge mit unaussprechlichem Schmerze. Sie begruben
ja mit dem Toten so viele Hoffnungen, die ihnen die Zukunft so
schön erscheinen ließen, und als der Geistliche sein Gebet mit den
Worten schloß. »Herr, gieb ihm die ewige Ruh,« riefen sie unter
heißen Thränen: »Amen!«

Traurig schlugen sie dann den Weg nach Hause ein. Da weinten
sie wohl den lieben langen Tag. Mirdei hatte den Viehhandel dem

Geißwastl allein überlassen, sie dachte gar nicht mehr an ihn, trotzdem er gegen alle Gewohnheit lange ausblieb.

Wastl hatte seine Kalben glücklich an den Mann gebracht und das reichliche Trinkgeld, das er erhielt, ließ es ihn wagen, einen Gang ins Wirtshaus zu machen. Der Ober-Rauecker hatte schon während des Marktes öfters unwillig auf das schöne Vieh geblickt, welches von dem Hofe kam, der von Rechts wegen jetzt ihm gehören sollte und das ein schönes Stück Geld eintrug. Die Neugierde trieb ihn jetzt an, sich zu dem Geißbuben zu setzen und ihn über alles, was im Hofe vorging, »auszufratscheln.« Er hatte auch von weitem gesehen, wie Burgl und Mirdei über den Tod des Paschers traurig thaten und er wollte hierüber von dem alten Buam Auskunft haben. Dieser verhielt sich zurückhaltend; der Rauecker merkte aber gleich, daß ein Geheimnis dahinter stecke, ließ roten Tirolerwein kommen und hieß den Geißwastl mit ihm trinken. Was er erreichen wollte, gelang ihm. Der des Weines ungewohnte Alte wurde alsbald betrunken und teilte nun dem Rauecker unverhohlen mit, daß der heute in Egern Begrabene niemand anders als Burgls Vater und Mirdeis ehemaliger Bräutigam, der Schönecker Bartl sei, wegen dessen Untreue Mirdei ihre Sprache verloren.

»Und die Tochter von an' solchen Lumpen will Bäurin wer'n aaf mein' Hof?« rief der Rauecker unwillkürlich aus. »Da wird nix draus, so lang i meine Aug'n offen hon! Liaba enterb i mein Buam und vermach 'n Hof, wie mei' Bruada, aa r an' fremd'n Menschen, als daß i a solche Schand duldet.«

Aber noch etwas vertraute ihm der betrunkene alte Wastl an, nämlich, daß seine Bäurin morgen in aller Frühe mit Burgl nach Rattenberg fahre, daß Mirdei viel Geld für diese Reise hergerichtet habe und aller Wahrscheinlichkeit nach der Zweck derselben sei, Franzl nicht nur zu besuchen, sondern ihn auch frei zu kaufen von seiner Strafe, wenn das möglich sein sollte.

Diese Nachricht brachte den alten Rauecker erst noch ganz auseinander.

»So wäret die ganz G'schicht abkart'?« rief er, »daß i 's nur woaß! Da is koa' Augenblick zu verliern, dös Pascherdirndl soll's wissen, daß für sie koa' Platz aaf mein' Hof is und daß 's die Roas aaf Rattenberg dasparn ko'. Heunt no', glei iatzet geh i donni zu ihr und sag's ihr brüahwarm, wie r i 's denk.«

Er ging zu gleicher Zeit und in schon vorgerückter Stunde mit dem wackeligen Geißbuben nach Hause. Im untern Raueckerhofe kehrte er zu. Bereits war es Nacht. Er traf die beiden Frauen in der Stube, die von einer hängenden Öllampe beleuchtet war. Mirdei und Burgl waren nicht wenig überrascht, den beleidigten Nachbar bei sich zu sehen. Mirdei gab ihm ein Zeichen, sich zu setzen und war begierig zu hören, was den Bauer noch heute zu ihr führe.

»I bin grad kemma,« begann der Rauecker, »um enk z' sagn, daß i 's woaß, wen 's heut z' Egern begrab'n hab'n. Bislang woaß 's no' neamd, als i, morgn aba soll's rings um an' Tegernsee bekannt wer'n, daß 's 'n Mirdei ihr ehemaliger Schatz und dem Dirndl da sei' Voda gwen is, der als Pascher daschoss'n wor'n is, wennst mir iatz nit glei schwierst,« dabei wandte er sich an Burgl, »daß d' von mein' Franzl nix mehr wissen willst, 'n niermals aafsuachst und für ewi Zeiten abwihrst, wenn er amal hinter di kemma sollt.«

Mirdei stand stolz auf und drohte dem Nachbar verächtlich mit der Faust; zu Burgl aber machte sie eine verneinende Bewegung.

Burgl fühlte, wie tief die Beleidigung des alten Raueckers in ihrem Herzen saß, aber auch sie hatte sich erhoben und antwortete jetzt mit fester Stimme. »Rauecker, was d' mir drohst z'weg'n mein' Voda, so hab i mi heunt nit g'scheut, hinter seina Bahr drein z' gehn und scheu mi nit, offenkundi z' mach'n, daß der Verunglückte mei' arma Voda g'wen is, so weni si dei' Franzl scheu'n wird, di als sein' Vodan anz'kenna.«

»Staad bist, du Dirn!« schrie der Rauecker, sich vergessend. »Und extra is 's g'schworn: so weng kimmst du als mei' Schwiegatochter aaf'n Raueckerhof, so weng heunt no' mei' Franzl mit dein ehrlinga Voda für d' Stubenthür einageht.«

Wutentbrannt öffnete er diese, um sich zu entfernen – da prallte er entsetzt zurück in die Stube.

Ein zweifacher Schrei hallte durch das Gemach, von Mirdei ein Schreckens, von Burgl ein Freudenschrei, denn in der offenen Thüre standen zwei Männer: der Schönecker Bartl und der Rauecker Franzl.

»Dei' Voda, 'n Bartl sei' Geist!« schrie Mirdei, entsetzt nach dem vermeintlichen Gespenste des erst heute Begrabenen starrend.

Burgl erschrak weniger über Mirdeis Worte, als darüber, daß diese sprechen konnte, weniger über den Fremden, welchen sie nicht kannte, als über das unerwartete Wiedersehen des Geliebten.

Auch der alte Rauecker stand betroffen. Er konnte vor Erstaunen kein Wort hervorbringen, aber Franzl eilte auf ihn zu und rief: »Grüaß di Gott, Voda und di, Mirdei, und di, mei' liawe Burgl! Dei' Voda hat mir d' Freiheit bracht,« fuhr er zu letzterer gewendet fort, »bei eam kannst di bedanka, wenn's di g'freut, daß d' mi wieder siehgst –«

»Mei' Voda?« rief Burgl den ihr Nahenden erschrocken anstarrend.

»Bartl,« rief jetzt Mirdei, »du bist heunt nit eingrab'n wor'n?«

»Alle guat'n Geister loben Gott den Herrn, sag, was ist dein Begehrn?« stotterte der eben eingetretene Geißwastl und sank so plötzlich auf die Kniee, daß seine alten Knochen laut krachten.

Auch der alte Rauecker lag jetzt auf den Knieen.

»Wenn der Alt a Gspenst is,« rief er, »is da Jung aa oans. Heiliger Wendelin, steh mir bei!« Daß er beide Gespenster durch seinen dummen Schwur herbeigelockt, das stand nun in ihm fest, wie aber sie wieder fortbringen? Er winkte mit abgewandtem Gesichte mit dem Hute nach der Thüre und schrie. »Außi! Außi!«

»Na', na', bleibt's nur da!« sagte jetzt Burgl und schlug in die dargereichte Hand des Mannes, den ihr Franz als ihren Vater bezeichnet hatte. Der Schlag ihres Herzens sagte ihr, daß es wirklich ihr Vater sei, der sie jetzt an sein Herz zog und ihr die Stirne küßte.

»Du bist mir nimmer fremd,« sagte sie. »I moan, wir hätt'n uns vor nit langer Zeit wo g'sehgn?«

»In der Valepp is 's g'wen,« entgegnete Bartl, »wo du di so freundli um mi, den verlumpt'n Mo', ang'nomma hast, – an demseln Tag, wo mi der Finanzwachta am Weg hat z'sammhau'n woll'n und i eam zuvorkomma bin. Leider Gottes! hat da Franzl für mi büaß'n müassen. I hon dös erst vor acht Tag erfahrn, wie r i aus der Valepp, wo 's mi über drei Monat ei'gschneit hat g'habt, furt kinna hon, um di, Burgl, bei deina Ziehmutta aufz'suachen. Da hon i nacha alles erfahr'n. Schnell bin i zum G'richt in Rattenberg und hon die Freilassung vom Franz dawirkt. Sunst hon i ja aa nix, was i dir Freudigs mitbringa kunnt, mei' liabs Kind; i moan aba, i hon dir scho' 's Best bracht.«

»Ja, dei' Voda hat mi frei g'macht,« bestätigte jetzt Franz noch einmal. »An' brav'n, fleißg'n Mo' hat 'n der Herr Oberförster in da Valepp g'hoaßn, wia ma heunt durchi san. »Liaba Freund« hat er 'n g'hoaß'n und bitt hat er 'n fredi, daß er bal wieda z'ruckkemma soll.«

Der alte Rauecker hatte sich jetzt auch wieder gesammelt, ebenso Mirdei, welche die Engel im Himmel singen zu hören glaubte, als Franzl in so lobender Weise von Bartl sprach. Der Mann sah auch ganz anders aus, wie dazumal am Almakirta. Er hatte eine reinliche Joppe an und auch auf sein Äußeres mehr Aufmerksamkeit verwendet, so daß er einem gesetzten, noch rüstigen Manne glich.

Bartl hatte jetzt seinen Blick auf Mirdei gerichtet, welche ihm beide Hände entgegenstreckte und sagte: »Bartl! In der unglücklichsten Stund in mein' Leb'n hast mir mei' Sprach g'numma, heut hast mir's wieder verschafft – gelt's Gott dafür. Du sollst koa' Not mehr leid'n, so lang als d' lebst. I sorg für di und für dei' Burgl. Und woaßt, du grandiger Rauecker,« fuhr sie fort, sich zu dem noch ganz verdutzt dastehenden Bauern wendend, »aa dei' Wunsch soll dafüllt wer'n, daß die zwoa Raueckerhöf wieder z'sammkemma, denn d' Burgl irbt amal mei' ganze Sach. I moan, du kaanntst es nacha dengerst als Schwiegatochta aufnehma – wia moanst nacha du?«

»Da hon i nacha weita nix z'sagn, als: Nehmts enk und b'halts enk!« sagte der Bauer.

»Juhu!« schrie Franzl und schloß das errötende Mädchen in seine Arme. »In sechs Wochen is Hozet!«

»Trau dir nit, Burgl!« rief jetzt der Geißwastl, »woaßt, dös is alles nur a Blendwerk der Höll. Du bist heunt dein' Vodan mit der Leich ganga – mirkst denn nit, daß er waizt und der da siehgt aa nur 'n Franzl glei, alle zwoa sans Waizen oder gar Tuifln!«

»Sei staad und mach, daß d' aus der Stub'n kimmst,« sagte Franz und reichte dem Alten ein Geldstück hin.

»Ei wohl,« versetzte dieser, erst das Geldstück, dann den Geber betrachtend, »da müaßt i do selm der Tuifl sei, wollt i dös Geld nit vodean. I mach staubaus, von mir aus kann da Tuifl 'n Bauern holn!« Und er eilte davon.

Nun folgte eine Aufklärung. Der heute Begrabene war niemand anders, als jener von den Grenzjägern versprengte andere Pascher, welcher Bartl damals zugerufen hatte, sich zu wehren. Der Mann hieß Fletzberger. Er hatte die Kraxe mit den Seidenwaren, welche Bartl im Stiche ließ und worin sich eine alte Brieftasche desselben mit einigen auf ihn bezüglichen Papieren befand, sofort gegen seine, weniger wertvolle Gegenstände enthaltende Kraxe umgetauscht und damit den Weg über das Gebirge nach Tegernsee gesucht. Die ihm nachsetzenden Grenzjäger schickten ihm einige Schüsse nach, wovon auch einer getroffen hatte. Er schleppte sich mühsam weiter und schien die Wechselalm erreicht haben zu wollen, mußte aber den Weg verfehlt und seine Wunde ihm nicht mehr erlaubt haben, weiter zu steigen; wahrscheinlich hatte er sich verblutet und ward dann eingeschneit. Da man in seiner Kraxe die Papiere des Schönecker Bartl fand, eine Nachfrage nach demselben ergab, daß er seit Dezember verschollen sei, so nahm man mit Sicherheit an, daß die aufgefundene Leiche nur die des Schönecker Bartl sein könne, und unter diesem Namen erfolgte auch dessen Beerdigung heute zu Egern. –

Für Bartl war die Gefangenschaft in der Kaiserklause das Mittel zur völligen Besserung gewesen. Er erkannte bald, daß der Spruch: »Arbeit ist des Lebens Würze« keine leeren Worte, sondern lautere Wahrheit enthalte. So kam es, daß er bald der fleißigste Arbeiter in der Kaiserklause war, und er konnte dem braven Oberförster gar nicht genug danken, daß er ihn noch in seinem vorgerückten Alter kuriert und aus ihm einen ordentlichen Menschen gemacht habe. So war es, als im Frühjahr der Weg wieder frei wurde, sein erstes, die versäumte Vaterpflicht nachzuholen, sein Mädchen aufzusuchen und ihr das durch seine Arbeit aufgesparte Geld zu bringen. Beim Abgange mußte er dem Förster versprechen, wieder zu ihm zu kommen und Bartl war glücklich, nunmehr einen Platz zu haben, wo er anständige, wenn auch schwere Arbeit fand.

Bei Burgls Ziehmutter im Zillerthale erfuhr er nun zu seiner Freude, daß sich Mirdei seines Mädchers angenommen habe, zugleich aber auch, daß der Rauecker Franzl, welcher seiner Burgl Lieb' und Treue geschworen, an jenem Kirchweihtage verhaftet worden sei, weil er den Finanzwächter zu Boden geschlagen. Dieses genügte, daß Bartl sich sofort auf den Weg zum Gerichte machte, wo er Franzens Unschuld konstatierte und sich selbst als Thäter angab. Er bewies durch den Hieb über seinen Arm, daß er von dem betrunkenen Finanzwächter angegriffen worden sei und demselben nur aus Notwehr den Schlag über den Kopf versetzt habe. Bartls Aussage wurde um so wahrer befunden, als der Finanzwächter neuerdings wegen eines ähnlichen Falles in Untersuchung war und dessen Hang zur Trunkenheit auch seine Entlassung aus dem Dienst zur Folge hatte. Man gab deshalb Franz frei, ohne gegen Bartl eine neue Untersuchung anhängig zu machen. So schlugen beide den Weg zum Raueckerhofe ein, und glückliche Menschen saßen Hand in Hand um den großen Tisch in der Ecke. –

Außen schienen zitternde Lichtfunken zahlloser Sterne vom stahlblauen Himmel hernieder zu flocken auf die schweigende Gegend. Der alte Rauecker mahnte zum Aufbruch. Franz umfing das Mädchen, das sich mit selig verklärtem Liebesblicke umfangen ließ von den Armen des Geliebten. So traurig der Morgen, so selig war der Abend. Spät erst trennten sich die Wiedergefundenen, die Versöhnten.

Mirdei richtete für Bartl ein gutes Lager zurecht, und er fühlte sich unter dem friedlichen Dache wie neugeboren. Tiefe Rührung hatte sich seiner bemächtigt, sein letzter Gedanke vor dem Einschlafen war ein Dankgebet für all das unverdiente Glück.

* * *

Der Frühling hatte bereits die ganze Vollglut seiner Farbenpracht über die herrliche Gegend ausgegossen und die Strahlen der Sonne lagen gleich einem goldenen Netze über dem dunkelgrünen Spiegel des Tegernsees ausgespannt, auf welchen die stattlichen, nunmehr fast ganz von Schnee befreiten Berge freundlich herniedergrüßten. Die Wiesen leuchteten in bunter Blumenpracht, grüne Matten schimmerten, Waldschatten dunkelten, Quellen und Bäche rauschten und der Gesang der Vögel klang darein, so reizend und wonnig, als wäre er verwebt mit dem duftenden Wallen und Wehen des holden Frühlingszaubers.

Vor dem Hofe des obern Raueckers stand ein junges Paar. Es war Franzl und Burgl. Gestern hatten sie Hochzeit gehalten; es war der erste Morgen des vereinigten Ehepaares. Schweigend sahen sie hinaus in die paradiesische Gegend. Auf einer hohen Esche zunächst des Hofes begann eine Drossel ihr Morgenlied. Beide gedachten des Weges nach der Elendalm, wo der Gesang einer Drossel das Aufkeimen ihrer Liebe begleitete, heute sang sie ihnen vielleicht Glück und Freude zum Ehestand. Vom untern Raueckerhofe schritten langsam zwei Personen heran, Mirdei und Bartl. Sie kamen, dem jungen Paare den ersten Morgengruß zu bringen. Franz und Burgl gingen ihnen entgegen und führten sie dann in ihr prächtiges Haus.

Nachdem sich Bartl hinlänglich von dem Glücke überzeugt, das seiner Tochter zu teil geworden, stand er auf und nahm von allen herzlichen Abschied. Den darob Überraschten teilte er mit, daß nunmehr seines Bleibens nicht länger hier sei, sondern daß er, wie er dem Oberförster versprochen, in die Valepp wolle, um dort die unterbrochene Arbeit wieder aufzunehmen. Vergebens suchten ihn die Anwesenden von diesem Vorhaben abzubringen.

»I hon iatz wieda g'nua g'feiert,« sagte er, »i siehgs aba scho', i kaannts nimmer damacha, daß i mi no' länger aaf di faul' Haut leget. Mir schmeckt koa' Essen mehr und koa' Trinka, dös i mir nit vodeant hon, drum laßt's mi wieda eini in d' Valepp. Zum Almakirta kommt's nacha in Hoa'gast zu mir, nacha kann i mit Ehrn aaf oan Tisch mit enk Platz nehma und fidei wolln ma sei', daß si die ganz Welt über uns g'freut!«

Aber Bartl stieß bei diesem Vorhaben auf großen Widerspruch von seiten seines Schwiegersohnes, der sich nicht wollte nachsagen lassen, daß sein Schwiegervater als Holzarbeiter in der Valepp diene, sondern ihn aufforderte, bei ihm auf dem Hofe zu bleiben.

»I bin no' z' kräfti, um scho' an' Pfründner z' mach'n,« meinte Bartl.

»So kannst ja bei mir bleib'n,« mischte sich Mirdei ein; »bei mir giebt's Arbet g'nua, wenn i in Summa ob'n aaf der Alm bin. Der alt Wastl taugt ja dengerst zu nix mehr.«

»Na', na',« erwiderte Bartl. »I woaß guat, daß ma's scho' überall 'rum woaß, daß i dei' ehemaliga lumpiga Bräutigam g'wesen bin, z'wegn mir sollst in koa' übels G'schwaatz kemma, Mirdei. I hon dir scho' Kümmernis gnua g'macht in dein Leb'n; Gott b'hüt mi, daß i no' 's G'ringste gen di voschulden möcht.«

»Ja no', wie 's d' moanst,« erwiderte Mirdei, »aber i kann nimmer sei' ohne an' Herrn im Haus und krieg i koan in Deanst, so heirat i no', trotz meine vierz'g Jahr. I woaß mir aa scho' oan, der mir taugt.«

Dabei blickte sie Bartl lachend an. Auch das junge Ehepaar lachte. Nur Bartl wurde kreideweiß. Auch das Glück will gewöhnt sein, es überwältigt mit seinen unerwarteten Gaben ebenso, wie das Unglück.

»Mirdei, du denkst dengerscht nit an den liederlichen, verachten Schönecker Bartl?« sagte er leise zu ihr.

»An den denk i nit. Dem liederlichen Schönecker Bartl bin i in Egern mit der Leich gangen, aba den braven, wieder z'sammg'richten Bartl, den nehmet i just no' zu mein Mo', wenn er mi möcht.«

»Wie, du thaatst di nit schaama?«

»Schaama?« fragte Mirdei. »Schaamt si denn unsa Herrgott, wenn er dem reuigen Sünder verzeiht und wieder zu sich aufnimmt. Was frag i nach die Leut, thua i do' nix Unrechts und aso – du woaßt, wie i g'stimmt bin.«

»Mirdei!« rief Bartl, »dös Glück druckt mi z'samm. I kann so ebbas gar nit fassen! Dös hon i nit vodeant! Dös waar der Himmi aaf der Welt.«

»Du hast d' Höll aaf dera Welt scho' g'nua empfunden,« sagte Mirdei. »Arbet giebt's aaf 'n Hof nach der Auswahl und du sollst mi ja nur heirat'n, daß die Leut nix z' schwaatzn hab'n; verstanden? D' Hauptsach is, daß der Hof in guat'n Stand bleibt, wenn's amal is, für die Kinda von der Burgl.« – –

Als wenige Wochen darauf das ältliche Ehepaar nach Egern zur Trauung hinabstieg und vom Turme die Glocken feierlich zum Amte läuteten, fürchtete Bartl, wieder zu träumen, wie damals auf der Wildfeldalm, wo auch die Glocken läuteten und er mit dem versöhnten Mirdei zur Trauung schritt.

»Woaßt g'wiß, daß 's koa' Traam is?« fragte er mit unsicherem Tone das neben ihm schreitende Mirdei.

»Wieso moanst dös?«

»Scho' amal bin i im Traam mit dir aaf d' Hochzet ganga, 's war aaf der Wildfeldalm, d' Glock'n hab'n g'läut und wier i an' Juchaza tho' hon, bin i aafg'wacht.«

»So probiers halt und juchez no' amal,« sagte Mirdei lächelnd.

Und Bartl juchzte, daß es weit hinaus hallte bis zum Wallberg und hin über den dunkelgrünen See. – Alles blieb, wie es war; nichts verschwand, als das Echo des freudigen Rufes.

So schritt er mit dem Almstummerl zum Altare. –

Wagte sich auch anfangs das üble Gerede bis zur Schwelle des Raueckerhofes, bald verstummte dasselbe angesichts der unermüdlichen Thätigkeit des neuen Bauern. Nach wenigen Jahren galt sein Hof für den bestbewirtschafteten weit und breit. Rasch flohen ihm die Jahre dahin im Bewußtsein seines eigenen und Mirdeis Glück und desjenigen seiner Tochter, deren Kinder er in den Feierstunden mit Freuden auf seinen Knieen schaukelte.

»Arbeit würzt das Leben!«

Diesen Spruch hatte er mit großen Buchstaben über die Thüre seines Hofes malen lassen und dies war es hauptsächlich, was er seinen Enkeln schon von Kindheit auf mit Erfolg einprägte. Ihn aber sah man noch im hohen Alter rastlos schaffen an der Seite seiner Raueckerin, dem glücklichen Mirdei, dem unentwegt getreuen »Almstummerl.«

Über tredition

Eigenes Buch veröffentlichen

tredition wurde 2006 in Hamburg gegründet und hat seither mehrere tausend Buchtitel veröffentlicht. Autoren veröffentlichen in wenigen leichten Schritten gedruckte Bücher, e-Books und audio-Books. tredition hat das Ziel, die beste und fairste Veröffentlichungsmöglichkeit für Autoren zu bieten.

tredition wurde mit der Erkenntnis gegründet, dass nur etwa jedes 200. bei Verlagen eingereichte Manuskript veröffentlicht wird. Dabei hat jedes Buch seinen Markt, also seine Leser. tredition sorgt dafür, dass für jedes Buch die Leserschaft auch erreicht wird.

Im einzigartigen Literatur-Netzwerk von tredition bieten zahlreiche Literatur-Partner (das sind Lektoren, Übersetzer, Hörbuchsprecher und Illustratoren) ihre Dienstleistung an, um Manuskripte zu verbessern oder die Vielfalt zu erhöhen. Autoren vereinbaren direkt mit den Literatur-Partnern die Konditionen ihrer Zusammenarbeit und partizipieren gemeinsam am Erfolg des Buches.

Das gesamte Verlagsprogramm von tredition ist bei allen stationären Buchhandlungen und Online-Buchhändlern wie z. B. Amazon erhältlich. e-Books stehen bei den führenden Online-Portalen (z. B. iBookstore von Apple oder Kindle von Amazon) zum Verkauf.

Einfach leicht ein Buch veröffentlichen: **www.tredition.de**

Eigene Buchreihe oder eigenen Verlag gründen

Seit 2009 bietet tredition sein Verlagskonzept auch als sogenanntes "White-Label" an. Das bedeutet, dass andere Unternehmen, Institutionen und Personen risikofrei und unkompliziert selbst zum Herausgeber von Büchern und Buchreihen unter eigener Marke werden können. tredition übernimmt dabei das komplette Herstellungs- und Distributionsrisiko.

Zahlreiche Zeitschriften-, Zeitungs- und Buchverlage, Universitäten, Forschungseinrichtungen u.v.m. nutzen diese Dienstleistung von tredition, um unter eigener Marke ohne Risiko Bücher zu verlegen.

Alle Informationen im Internet: **www.tredition.de/fuer-verlage**

tredition wurde mit mehreren Innovationspreisen ausgezeichnet, u. a. mit dem Webfuture Award und dem Innovationspreis der Buch Digitale.

tredition ist Mitglied im Börsenverein des Deutschen Buchhandels.

Dieses Werk elektronisch lesen

Dieses Werk ist Teil der Gutenberg-DE Edition DVD. Diese enthält das komplette Archiv des Projekt Gutenberg-DE. Die DVD ist im Internet erhältlich auf **http://gutenbergshop.abc.de**

FSC
www.fsc.org
MIX
Papier | Fördert
gute Waldnutzung
FSC® C083411

Zeitfracht Medien GmbH
Ferdinand-Jühlke-Straße 7
99095 Erfurt, Deutschland
produktsicherheit@kolibri360.de